प्रदक्षिणा के पात्र

प्रदक्षिणा के पात्र

योगेन्द्र प्रसाद

प्रकाशक : **नमस्कार बुक्स**

भवन संख्या 2/42 (दूसरी मंजिल), अंसारी रोड, दरियागंज, नई दिल्ली–110002

सर्वाधिकार : सुरक्षित / संस्करण : 2026 / पेपरबैक मूल्य : दो सौ पचास रुपए

मुद्रक : आर–टेक ऑफसेट प्रिंटर्स, दिल्ली ISBN 978-93-94871-18-2

PRADAKSHINA KE PATRA

by Shri Yogendra Prasad ₹ 250.00

Published by **NAMASKAR BOOKS**

Building No. 2/42 (Second Floor), Ansari Road, Daryaganj, New Delhi-2

दो शब्द

राम-काव्य की परंपरा में मैथिलीशरण गुप्त का विशेष स्थान है। 'साकेत', 'पंचवटी' आदि काव्यों की रचना के माध्यम से गुप्तजी ने इस रामकाव्य की परंपरा को आगे बढ़ाने का काम किया है और इसी बहाने राम के प्रति अपनी आस्था एवं भक्ति का परिचय भी दिया है।

'प्रदक्षिणा' गुप्तजी का एक लघु खंडकाव्य है, जो इसी परंपरा की एक छोटी सी कड़ी है। इस काव्य की पृष्ठभूमि 'साकेत' और 'पंचवटी' पर ही आधारित है। काव्य की कथावस्तु यद्यपि तुलसी के 'रामचरितमानस' की ही कथावस्तु है, फिर भी दोनों की कथावस्तु में एक मौलिक अंतर आ गया है। 'मानस' के सारे पात्र जहाँ दैवीय हैं, वहीं 'प्रदक्षिणा' के पात्र दैवीय कम, मानवीय अधिक हैं। गुप्तजी ने 'प्रदक्षिणा' में सारे पौराणिक पात्रों को दैवीय से मानवीय धरातल पर उतारा है और उनके चरित्र में मानवीय गुणों को भरकर हमारे लिए अधिक ग्राह्य बना दिया है।

दूसरे शब्दों में कहें तो गुप्तजी ने पौराणिक पात्रों को नवीन साँचे में ढालकर और उस पर मौलिकता का रंग चढ़ाकर हमारे सामने उपस्थित किया है। अर्थात् पात्रों के प्राचीन कंकाल में नई प्राण-प्रतिष्ठा की है। पात्र भले ही पौराणिक हैं, पर उनके स्वर आधुनिक हैं। 'प्रदक्षिणा' के प्रत्येक पौराणिक पात्र अपने कार्य, आचरण और चरित्र के द्वारा आज के समाज को महान् संदेश देते हैं।

मैंने 'प्रदक्षिणा के पात्र' पुस्तक में उन्हीं संदेशों को लोगों तक पहुँचाने का छोटा सा प्रयास किया है। गुप्तजी ने जिन पौराणिक पात्रों के चरित्र के अछूते पहलुओं से हमें परिचित करवाया है, उन्हीं पहलुओं की इस पुस्तक में चर्चा की गई है।

'प्रदक्षिणा' कभी बिहार के इंटर स्कूलों में पढ़ाई जाती थी। इस पुस्तक पर बहुत कम लिखा गया है। मैंने छात्रों के हित को ध्यान में रखते हुए उसी कमी की पूर्ति का प्रयास किया है। मेरा यह प्रयास कितना सार्थक हुआ है, यह मैं पाठकों पर छोड़ता हूँ।

—योगेंद्र प्रसाद

अनुक्रम

प्रदक्षिणा काव्य का उद्देश्य

वर्षों पहले रवींद्रनाथ ठाकुर ने एक निबंध लिखा था—'काव्येर उपेक्षिता' अर्थात् काव्य की उपेक्षिता। इस निबंध में उन्होंने कवि-लेखकों का ध्यान इस ओर आकृष्ट करते हुए कहा था कि हमारे काव्यों में ऐसे कई पात्र हैं, जो आज तक उपेक्षित रहे हैं। इनके संबंध में हमारी जानकारी बहुत कम है। आवश्यकता है ऐसे सभी पात्रों को इतिहास की अँधेरी गुफा से निकालकर उन्हें नई प्रकाश-भूमि पर खड़ा करने की। उनके चरित्र के नए पहलुओं से हमारा परिचय कराने की। उदाहरण स्वरूप उन्होंने उर्मिला का नाम लिया था। इस निबंध ने कवि-लेखकों को एक नई दिशा दी। उन्हें लिखने के लिए नया मसाला मिला। फलतः कवियों का एक वर्ग ऐसे उपेक्षित पात्रों की खोज में जुट गया। ऐसे कवियों में मैथिलीशरण गुप्त का नाम सर्वोपरि है।

गुप्तजी ने इस निबंध से प्रेरणा पाकर लक्ष्मण, उर्मिला, यशोधरा आदि पात्रों के चरित्र के अछूते पहलुओं को प्रकाशित किया। इन पात्रों के चरित्र की नई विशेषताओं को उजागर करने के लिए गुप्तजी ने 'साकेत', 'पंचवटी', 'प्रदक्षिणा' आदि काव्यों की रचना की। इन पौराणिक पात्रों को नवीन साँचे में ढालकर, उस पर मौलिकता का रंग चढ़ाकर हमारे सामने उपस्थित किया। दूसरे शब्दों कहें तो उन्होंने प्राचीन पात्रों के कंकाल में नवीन प्राण-प्रतिष्ठा की। इन पात्रों के चरित्र का नया मूल्यांकन किया। उसे एक नया आयाम दिया।

सबसे पहले गुप्तजी ने लक्ष्मण और उर्मिला के चरित्र को उजागर करने के लिए 'पंचवटी' और 'साकेत' की रचना की। 'साकेत' का आरंभ लक्ष्मण और उर्मिला से ही होता है। लेकिन ज्यों-ज्यों कथा आगे बढ़ती है, त्यों-त्यों लक्ष्मण-उर्मिला गौण होते जाते हैं और अंत में राम-सीता प्रधान बन जाते हैं। इसका एक बहुत बड़ा कारण है मैथिलीशरण गुप्त का कट्टर वैष्णव और रामभक्त होना। उन्होंने लिखा है—

राम तुम मानव हो, ईश्वर नहीं हो क्या?
तब मैं निरीश्वर हूँ, ईश्वर क्षमा करें!

एक अन्य स्थान पर भी गुप्तजी ने कहा है, "राम की दोस्ती एक ऐसे राजा की दोस्ती है, जो गद्दी पर बैठाते-बैठाते फाँसी पर भी चढ़ा सकता है।"

स्पष्ट है कि जो कवि अपने आराध्य का ऐसा कट्टर भक्त होगा, वह भला अपने काव्य का नायक दूसरे को कैसे बनाएगा! यह गुप्तजी के 'भक्त' का बहुत बड़ा अपमान होता। इस प्रश्न को लेकर गुप्तजी के भक्त और कवि में संघर्ष भी छिड़ा, लेकिन इस संघर्ष में अंतिम जीत भक्त की ही हुई और काव्य के प्रधान पात्र राम बन गए। जब 'साकेत' के नामकरण का प्रश्न उठा तो पुनः भक्त और कवि आपस में भिड़ गए। लेकिन यहाँ गुप्तजी ने काव्य का नाम 'साकेत' रखकर दोनों में समझौता करा दिया। 'साकेत' में राम-सीता हैं तो वहीं लक्ष्मण-उर्मिला भी हैं।

लेकिन गुप्तजी का कवि-मन अपनी हार पर झुँझलाया हुआ था। वह गुप्तजी को चैन नहीं लेने दे रहा था, अतः 'पंचवटी' काव्य की रचना हुई। इसमें गुप्तजी ने लक्ष्मण और उर्मिला के चरित्र के अछूते पहलुओं पर विचार करके अपने कवि-मन को संतुष्ट करने का प्रयास किया। लेकिन जब काव्य के नामकरण का प्रश्न आया, तो एक बार फिर भक्त और कवि आपस में उलझ पड़े। फलतः काव्य का नाम 'पंचवटी' रखकर गुप्तजी ने अपने कवि-मन को थोड़ा ढाढ़स बँधाने का प्रयास किया।

लेकिन गुप्तजी के कवि–मन को संतोष कहाँ था। वह तो हर क्षण उन्हें आंदोलित करता रहा। तब अंत में कवि–मन की आन रखने के लिए गुप्तजी ने 'प्रदक्षिणा' की रचना की। इस काव्य के आरंभ में ही गुप्तजी ने लक्ष्मण को अपना पहला प्रणाम अर्पित किया—

स्वयं राम ने चंद्र छोड़कर
जोड़ा जिनका लक्ष्मण नाम,
उन सौमित्र–इंद्रजितजेता,
दृढ़ चेता को प्रथम प्रणाम।

इस प्रणाम के बहाने गुप्तजी ने लक्ष्मण के चरित्र के कई गुणों से भी हमारा परिचय करा दिया है।

'प्रदक्षिणा' के सारे पात्र आधुनिकता के पोषक हैं। ये पात्र हैं तो पौराणिक, पर इन पौराणिक पात्रों को नवीन साँचे में ढालकर और उस पर मौलिकता का रंग चढ़ाकर हमारे सामने उपस्थित किया गया है। दूसरे शब्दों में कहें तो प्राचीन पात्रों के कंकाल में नवीन प्राण–प्रतिष्ठा की गई है।

आज का युग मौलिकता का युग है। आज का कवि लकीर का फकीर बनकर घिसी–पिटी बात का ढिंढोरा नहीं पीटता। वह हर क्षेत्र में नवीनता को प्रश्रय देता है। 'प्रदक्षिणा' काव्य की कथावस्तु तुलसी के 'रामचरितमानस' की ही कथावस्तु है। इसके सभी पात्र भी 'मानस' के ही हैं। पर दोनों के पात्रों में एक मौलिक अंतर है। 'मानस' के पात्र जरों दैवी हैं, वहीं 'प्रदक्षिणा' के पात्र दैवीय कम, मानवीय अधिक हैं। गुप्तजी ने इन दैवीय पात्रों को मानवीय धरातल पर उतारकर, उनमें मानवोचित गुणों को भरकर हमारे लिए अधिक ग्राह्य और अनुकरणीय बना दिया है। 'प्रदक्षिणा' का उद्‌देश्य केवल लक्ष्मण–उर्मिला के चरित्र के नए पहलुओं से परिचित कराना ही नहीं है, वरन् सभी पात्रों के चरित्र को एक नए रूप में रखना भी है।

संक्षेप में हम कह सकते हैं कि 'प्रदक्षिणा' लिखने के पीछे गुप्तजी का उद्द्देश्य केवल अपने कवि–मन को संतुष्ट करना नहीं है, बल्कि पौराणिक पात्रों के चरित्र से आज के समाज को कई महत्त्वपूर्ण संदेश देना भी है।

□

प्रदक्षिणा शीर्षक की सार्थकता

किसी भी रचना में उसके शीर्षक की बड़ी भूमिका होती है। रचना की सफलता या विफलता बहुत कुछ उसके शीर्षक पर निर्भर करती है। शीर्षक सार्थक हुआ तो रचनाकार का प्रयास भी सफल माना जाता है। दूसरे शब्दों में कहें तो शीर्षक किसी रचना का राजमुकुट होता है। जिस प्रकार मुकुट राजा का द्योतक है, उसी प्रकार शीर्षक किसी भी रचना का द्योतक होता है।

प्राचीन साहित्य में शीर्षक के कुछ नियम बने थे। कुछ शर्तें उस पर लागू थीं और उनका पालन करना रचनाकार का दायित्व था। आज के साहित्य में यद्यपि नियम के बंधन उतने कठोर नहीं रहे, फिर भी कवि-लेखकों द्वारा उनका यथासंभव पालन किया जाता है।

शीर्षक की एक बड़ी विशेषता है, उसका छोटा होना। आधुनिक साहित्य या काव्यों में लंबे-लंबे शीर्षक रखने की परिपाटी चल पड़ी है। इन शीर्षकों का बाहरी कलेवर तो सजा-सँवरा रहता है, पर उसकी आत्मा मुरझाई होती है। उन शीर्षकों में शब्दालंकार की झनकार भले ही सुनाई दे, अर्थालंकार का चमत्कार भी दिखाई दे, पर उसके प्राण उदास होते हैं। इस दृष्टि से 'प्रदक्षिणा' शीर्षक सफल और सार्थक है। यह छोटा भी है और कथा के भावों को व्यक्त करने वाला भी है। छोटा शीर्षक जितना सशक्त भाव व्यक्त कर सकता है, उतना बड़ा शीर्षक नहीं कर पाता। बड़े शीर्षक के भाव बिखर जाते हैं।

शीर्षक की दूसरी विशेषता है—उसका आकर्षक होना। शीर्षक ऐसा हो, जिसे पढ़ते ही पाठकों का ध्यान बरबस उसकी ओर खिंच जाए। शीर्षक पढ़ते ही पाठक संपूर्ण कथा जानने को उत्सुक हो उठे, रचना पढ़ने को वह बाध्य हो जाए। पाठकों के भीतर यह उत्सुकता जगा देना शीर्षक की सबसे बड़ी विशेषता है। इस दृष्टि से भी 'प्रदक्षिणा' शीर्षक सार्थक है। शीर्षक पढ़ते ही पाठक यह जानने को उत्सुक हो उठता है कि कवि ने इस रचना में किसकी 'प्रदक्षिणा' की है अथवा कौन किसकी 'प्रदक्षिणा' कर रहा है।

इसके अतिरिक्त नायक-नायिकाओं के नाम पर भी शीर्षक रखने की परिपाटी रही है। आज के साहित्य में घटना, काल, स्थान-विशेष प्रधान भाव आदि पर भी शीर्षक देखने को मिल जाते हैं। 'प्रदक्षिणा' को हम घटना-प्रधान या भाव-प्रधान शीर्षक की श्रेणी में रख सकते हैं, क्योंकि इस काव्य में कवि की माँ के प्रति सुंदर भाव समाहित हैं। साथ ही काव्य के सारे पात्र राम-सीता की ही 'प्रदक्षिणा' करते दिखाई देते हैं। इस दृष्टि से भी 'प्रदक्षिणा' एक सफल और सार्थक शीर्षक है।

'प्रदक्षिणा' शीर्षक की सार्थकता काव्य के उद्‌देश्य में भी छिपी है। जैसा कि पहले भी कहा गया है कि गुप्तजी ने जिस उद्‌देश्य को लेकर 'साकेत' और 'पंचवटी' की रचना की, वह उद्‌देश्य पूरा नहीं हुआ। प्रत्येक बार अपनी प्रभुता को लेकर गुप्तजी के कवि-मन और भक्त में हमेशा संघर्ष होता रहा। इस संघर्ष में प्रत्येक बार गुप्तजी का कवि-मन उनसे असंतुष्ट ही रहा।

उधर अपने कवि-मन की हार पर गुप्तजी का हृदय भी कचोटता रहा। अंत में अपने कवि-मन को जीत दिलाने के लिए ही 'प्रदक्षिणा' की रचना हुई। काव्य का नामकरण 'प्रदक्षिणा' करके गुप्तजी ने भक्त को भी चुप करा दिया, क्योंकि 'प्रदक्षिणा' में कवि लक्ष्मण-उर्मिला के साथ-साथ राम और सीता की भी 'प्रदक्षिणा' कर लेता है। इस दृष्टि से भी 'प्रदक्षिणा' शीर्षक सफल और सार्थक है।

'प्रदक्षिणा' शीर्षक की महत्ता एक और बात से भी परिलक्षित होती है। 'प्रदक्षिणा' काव्य गुप्तजी ने अपनी माँ की स्मृति में लिखा है। कवि की आँखों के आगे बचपन के वे दृश्य आज भी जीवित हैं, जब वे माँ को पूजनोपरांत 'प्रदक्षिणा' देते हुए देखते थे। इस दृष्टि से जहाँ एक ओर कवि की मातृभक्ति परिलक्षित होती है, वहीं दूसरी ओर बचपन की कई मनोहर स्मृतियाँ भी उभरकर आँखों के सामने आ जाती हैं। कई भूले-बिसरे चित्र आँखों के आगे घूमने लगते हैं।

यहाँ एक प्रश्न का उठना स्वाभाविक है कि कवि को पूजनोपरांत माँ का 'प्रदक्षिणा' देना ही क्यों याद है? इसका एक बड़ा कारण है, बच्चे का ध्यान पूजा से अधिक प्रसाद के लड्डुओं पर रहता है। कवि का भी ध्यान इसी प्रसाद पर लगा रहता था। 'प्रदक्षिणा' वह अंतिम क्रिया थी, जिसके बाद उन्हें प्रसाद प्राप्त होता था। कवि का ध्यान इस बात पर ज्यादा था कि कब 'प्रदक्षिणा' खत्म हो और प्रसाद खाने को मिले। यही कारण है कि कवि को आज भी अपनी माँ का 'प्रदक्षिणा' देना याद है। कवि को प्रतीत होता है, मानो आज भी उनकी माँ उन्हें काव्य के रूप में 'प्रदक्षिणा' दे रही हैं—

पूजन के उपरांत तू
दे रही प्रदक्षिणा।

इन सभी दृष्टियों से 'प्रदक्षिणा' शीर्षक सफल और सार्थक है। □

प्रदक्षिणा के लक्ष्मण

'प्रदक्षिणा' काव्य का उद्‌देश्य ही है लक्ष्मण और उर्मिला के चरित्र का नया मूल्यांकन करना; और इसमें मैथिलीशरण गुप्त को बहुत हद तक सफलता भी मिली है। काव्य के आरंभ में ही कवि ने लक्ष्मण के चरित्र पर प्रकाश डालते हुए लिखा है—

स्वयं राम के चंद्र छोड़कर
जोड़ा जिनका लक्ष्मण नाम,
उन सौमित्र–इंद्रजित–जेता
दृढ़ चेता को प्रथम प्रणाम।

इन पंक्तियों से हम लक्ष्मण के कई चारित्रिक गुणों से परिचित हो जाते हैं।

भारतीय साहित्य में लक्ष्मण का चरित्र निराला है। उसके जैसा चरित्रवान और प्रखर व्यक्तित्व वाला व्यक्ति संसार के साहित्य में भी दुर्लभ है। अपने त्याग, बलिदान, भक्ति, सेवा–भाव आदि का जो आदर्श लक्ष्मण ने उपस्थित किया है, वह युग–युगों तक हमारे लिए प्रेरणा के स्रोत बना रहेगा। अपने इन्हीं गुणों के कारण राम के साथ–साथ लक्ष्मण भी अमर बन गए हैं।

लक्ष्मण हमारा ऐतिहासिक और पौराणिक दोनों पात्र है। 'रामचरितमानस' में भी तुलसी ने लक्ष्मण के चरित्र की कई विशेषताओं से हमें परिचित कराया है। फिर भी 'मानस' और 'प्रदक्षिणा' के लक्ष्मण में कई

मौलिक अंतर स्पष्ट दिखाई देते हैं। 'प्रदक्षिणा' का लक्ष्मण बिल्कुल वही नहीं है, जो 'मानस' का है। यह अंतर आज के बदले माहौल के कारण है।

आज का युग मौलिकता का युग है। कवि आज लकीर का फकीर नहीं रह गया है। वह घिसी-पिटी बातों का ढिंढोरा नहीं पीटता। अतः आज के बदलते युग की मान्यताओं के अनुरूप हमारे विचार भी बदल गए हैं। कवि युगस्रष्टा ही नहीं, युगद्रष्टा भी होता है। वह युग के तकाजे के अनुरूप काव्य का सृजन करता है। यही कारण है कि आज के साहित्य में हमारे सारे पौराणिक पात्र बदले रूप और बदले स्वरूप में सामने आए हैं। दूसरे शब्दों में कहें तो आज परंपरा का पालन करते हुए सभी पौराणिक पात्रों को नवीन साँचे में ढालकर, उस पर मौलिकता का रंग चढ़ाकर हमारे सामने उपस्थित किया गया है। अथवा कहें कि प्राचीन पात्रों के कंकाल में कवियों ने नई प्राण-प्रतिष्ठा की है। लक्ष्मण का चरित्र भी इससे अछूता नहीं है।

मानस के लक्ष्मण का अपना न तो कोई अस्तित्व है और न कोई व्यक्तित्व। वहाँ वह हर घटना या दुर्घटना पर मौन साधे रहता है। लेकिन 'प्रदक्षिणा' का लक्ष्मण मुखर है। वह अन्याय बरदाश्त नहीं कर सकता। अपने व्यक्तित्व पर चोट बरदाश्त नहीं कर सकता। मानस का लक्ष्मण पहले भक्त है, फिर भाई, लेकिन 'प्रदक्षिणा' का लक्ष्मण पहले भाई है, फिर भक्त। मानस में वह दैवीय है, लेकिन 'प्रदक्षिणा' में वह मानवीय है। संक्षेप में कहें तो कवि ने लक्ष्मण को दैवीय से मानवीय धरातल पर उतारकर, उसमें मानवोचित गुणों को भरकर हमारे लिए अधिक ग्राह्य बना दिया है।

'प्रदक्षिणा' में लक्ष्मण से हमारा पहला परिचय भ्रातृभक्त के रूप में होता है। राम को अयोध्या का राज मिलते-मिलते वन का राज्य मिला। उन्हें पिता के वचन का पालन करना था। सीता को पति की सेवा करनी थी। अतः दोनों वन गए, लेकिन लक्ष्मण को क्या था? उसे तो वनवास नहीं मिला था न! सत्य तो यह है कि राम-सीता के लिए जंगल में भी

मंगल था, क्योंकि पति-पत्नी साथ थे। सच्चा वनवासी कोई हुआ तो वह लक्ष्मण था। इस तरह लक्ष्मण ने राम-सीता के प्रति कर्तव्य पथ में अपने जीवन के सारे सुख-सौंदर्यों की बलि चढ़ा दी। आज के समाज में ऐसी भ्रातृ-भक्ति दुर्लभ है।

सारी रात अयोध्यावासी आनंद की लहरों पर तैर रहे थे, यह सोचकर कि सुबह होते ही उनके प्रिय राम राजा बनेंगे। लक्ष्मण भी कम खुश नहीं था, लेकिन सुबह होते ही जो नजारा सामने आया, उसे देखकर सब अवाक् रह गए। लक्ष्मण ने तुरंत अपना कर्तव्य निश्चित कर लिया। उर्मिला के आँसू, माँ की ममता कोई उन्हें रोक न सकी। राम के लाख समझाने पर भी वह अंत में राम के पीछे हो लिया। चौदह वर्षों तक ब्रह्मचर्य व्रत का पालन करते हुए लक्ष्मण राम-सीता की सेवा में तत्पर रहा। लक्ष्मण का यह आचरण आज के भाइयों के लिए एक आदर्श छोड़ जाता है।

'प्रदक्षिणा' का लक्ष्मण अन्याय बरदाश्त नहीं कर सकता, 'मानस' के लक्ष्मण की तरह वह चुप्पी साधने वाला नहीं है। राम के वन-गमन के समय सभी गमगीन हैं। परिजनों का रो-रोकर बुरा हाल है, लेकिन वहीं लक्ष्मण क्रोध से उबल रहा है।

आर्य बैठिए सिंहासन पर,
देखूँ बाधक कौन यहाँ!

वह माता-पिता को भी भला-बुरा कहने से बाज नहीं आता। वह कहता है कि दशरथ कौन होते हैं राज्य देने वाले और भरत कौन होते हैं राज्य लेने वाले! राज्य प्रजा की वस्तु है। वह जिसे चाहे, उसे गद्दी पर बैठाए।

वहाँ गुप्तश्री ने लक्ष्मण को आज के प्रजातांत्रिक युग के सजग नागरिक के रूप में उपस्थित किया है, जिसे अपने अधिकारों और कर्तव्यों का निर्वाह करना भलीभाँति ज्ञात है। इस प्रकार अन्याय का प्रतिकार करना लक्ष्मण अपना धर्म समझता है।

लक्ष्मण अपने अधिकारों के प्रति भी सजग और सचेष्ट है। एक अन्य स्थान पर गुप्तजी ने लिखा है—

अधिकार खोकर बैठ रहना, यह महादुष्कर्म है,
न्यायार्थ अपने बंधु को भी दंड देना धर्म है।

लक्ष्मण भी अपने अधिकारों के प्रति सजग है।

क्रोधी होकर भी लक्ष्मण अनुशासनहीन नहीं है। मर्यादा का अतिक्रमण वह कहीं नहीं करता। राम के एक इशारे पर वह बिल्कुल चुप हो जाता है। इस प्रकार लक्ष्मण का चरित्र उस महासागर की तरह है, जिसकी सतह पर लहरियों का गर्जन-तर्जन तो होता रहता है, पर उसका अंतर सदैव शांत रहता है।

'प्रदक्षिणा' का लक्ष्मण भाग्यवादी नहीं, कर्मवादी है। उद्योगवादी है। भाग्य के भरोसे बैठकर वह सिर धुनने वाला या हाथ मलने वाला व्यक्ति नहीं है, वह कर्म में विश्वास करता है और निरंतर कर्म करते रहना अपना धर्म समझता है। एक स्थान पर वह राम से कहता है—

हाय! आर्य उद्योग छोड़कर
हुए भाग्यवादी क्या आप?

यद्यपि एक स्थान पर लक्ष्मण अदृश्य सत्ता को स्वीकार करता हुआ दिखता है। वह कहता है—

बंद नहीं अब भी चलते हैं, नियति नटी के कार्यकलाप,
पर कितने एकांत-भाव से, कितने शांत और चुपचाप।

जनक की सभा में लक्ष्मण के रौद्र रूप से हमारा परिचय होता है। उसमें जातीय गुण कूट-कूटकर भरा है। अपने क्षात्रधर्म पर उसे नाज है। उस पर आक्षेप वह सहन नहीं कर सकता। जनक के इतना कहते ही कि 'जान लिया मैंने जगती में, नहीं कोई माई का लाल,' लक्ष्मण भरी सभा में सिंह की तरह दहाड़ उठता है। उसकी भुजा भीषण भुजंग की तरह फड़कने लगती है। क्रोध से नथुने फूल जाते हैं। वह दहाड़ उठता है—

क्या कहते हैं ये मिथिलेश्वर,
आर्य इसे सुनते हैं आप।
मैं सुन सकता नहीं तनिक भी,
क्या है यह चुर्णित-सा चाप।

यहाँ 'मानस' के लक्ष्मण और 'प्रदक्षिणा' के लक्ष्मण में समानता दिखाई देती है। वहाँ भी वह इसी रूप में आया है।

जौ तुम्हारो अनुशासन पाऊँ, कंदुक इव ब्रह्मांड उठाऊँ,
काँचे घट जिमि डारौ फोरी, सकहूँ मेरु मूलक जिमि फोड़ूँ।

जनक की सभा में परशुराम से उलझना उसकी निर्भीकता का परिचायक है। परशुराम के बार-बार आँखें दिखाने पर उसकी सहनशीलता जवाब दे देती है और उसका क्षत्रिय खून उबल पड़ता है।

लक्ष्मण की वीरता-निर्भीकता का परिचय कई स्थलों पर मिलता है। वन में भयंकर राक्षसों का संहार करना, घनघोर जंगल में सारी रात बैठकर पहरा देना आदि इसके उदाहरण हैं। सीता-हरण के बाद राम अपना धैर्य खो देते हैं, लेकिन वहाँ भी लक्ष्मण अपना धैर्य नहीं खोता। उसे अपनी भुजाओं के बल पर विश्वास है। वह राम को सांत्वना देता हुआ कहता है—

पच सकती है रश्मि-राशि क्या
महाग्रास के तम से भी,
आर्य, उगलवा लूँगा अपनी
आर्या को मैं यम से भी।

लंका के युद्ध में भी वह अपने पराक्रम का परिचय देता है। इंद्रजीत को जीतकर अपनी शक्ति का लोहा मनवा लेता है। स्वयं राम उसकी वीरता की प्रशंसा करते हुए कहते हैं—

मेरे शर से उड़ा दूर चाहे मारीच,
किंतु धन्य लक्ष्मण तुम से बच
जा न सका कोई भी नीच।

'प्रदक्षिणा' का लक्ष्मण अपने व्यक्तित्व पर चोट बरदाश्त नहीं कर सकता है। एक ओर जहाँ वह राम-सीता की सेवा में अपना जीवन अर्पित कर देता है, वहीं दूसरी ओर वही सीता जब उसके व्यक्तित्व पर चोट करती है, उसके चरित्र पर लांछन लगाती है, तो लक्ष्मण चोट खाए घायल सिंह की तरह दहाड़ उठता है—

उठा पिता के भी विरुद्ध मैं
किंतु आर्य भार्या हो तुम,
इससे तुम्हें क्षमा करता हूँ
अबला हो आर्या हो तुम।

लक्ष्मण की इन पंक्तियों में जहाँ उसका क्रोध झलकता है, वहीं दुःख और क्षोभ भी प्रकट होता है।

चित्रकूट में लक्ष्मण के कोमल भावों से हमारा परिचय होता है। उसके चट्टानी हृदय में एक कोमल और शांत जल की सरिता भी प्रवाहित है, जिसमें समय-समय पर नाना भावनाओं, उमंगों, अरमानों की छोटी-बड़ी लहरियाँ उठती-गिरती रहती हैं। पूनम की रात के सन्नाटे में उसे उर्मिला भी गुदगुदा जाती है। पूर्णेंदु में वह उर्मिला के मुख का प्रतिबिंब पाता है। फिर तो उसका मन बेलगाम घोड़े की तरह सरपट दौड़ता हुआ अयोध्या के महल में रोती उर्मिला के पास जा पहुँचता है। लेकिन लक्ष्मण अपनी भावनाओं पर अंकुश लगाना भी जानता है। दूसरे ही पल वह शांत चित्त होकर पहरे में तल्लीन हो जाता है।

चित्रकूट में जब उर्मिला आती है, तो लक्ष्मण उसके सामने जाने का साहस नहीं जुटा पाता है। किस मुँह से वह उर्मिला का सामना करे! उसके प्रति तो लक्ष्मण ने अन्याय ही किया है। उसके त्याग-बलिदान के आगे लक्ष्मण अपने को बहुत छोटा महसूस करता है। वह कहता भी है—

वन में तनिक तपस्या करके
बनने दो मुझको निज योग्य

भाभी की भगिनी तुम मेरे
अर्थ नहीं केवल उपभोग्य।

रात के शांत और एकांत पल में लक्ष्मण दार्शनिक भी बन जाता है। वह अपने आप से बात करता है और अपने आप की सुनता है। गुप्तजी ने ही एक अन्य स्थान पर लिखा है—

निशि की अँधेरी यवनिके, चुप चेतना जब सो रही।
नेपथ्य में तेरे न जाने कौन सज्जा हो रही।

यहाँ लक्ष्मण की मन:स्थिति कुछ ऐसी ही है। यहाँ वह नियति के कार्यकलापों की सत्ता स्वीकार कर लेता है।

लक्ष्मण के चरित्र की पराकाष्ठा शूर्पणखा के साथ उसके संवाद में निहित है। वहाँ लक्ष्मण की जगह कोई दूसरा व्यक्ति होता, तो वह शूर्पणखा की भ्रू-भंगिमाओं के आगे विचलित होकर अपना हथियार डाल देता। लेकिन लक्ष्मण पर शूर्पणखा के प्रलोभनों का कोई प्रभाव नहीं पड़ा। शूर्पणखा से संवाद में लक्ष्मण की विनोदप्रियता भी झलकती है। जनक की सभा में परशुराम को चिढ़ाना, फिर शूर्पणखा के नाक-कान काट लेना—ये सारे कार्य उसकी विनोदप्रियता के उदाहरण हैं।

□

प्रदक्षिणा के राम

"राम का जीवन मानव-मूल्यों का पर्याय है। मनुष्य के विभिन्न व्यवहारों, संबंधों, भावों, मर्यादाओं में जीवन-मूल्य का स्थान सर्वोपरि है। राम इन मूल्यों के संस्थापक भी हैं और संवाहक एवं संरक्षक हैं। वे उन सभी कर्तव्यों को करनेवाले हैं, जो मनुष्य के लिए जरूरी माने गए हैं। वे जिन मूल्यों से युक्त हैं, वे सब हमारे जीवन, समाज, परिवार, राष्ट्र, संस्कृति तथा मानवता के आधार मूल्य हैं।"

रामकथा की परंपरा में मैथिलीशरण गुप्त का स्थान सर्वोपरि है। वे राम के कट्टर भक्त थे। उन्हीं के शब्दों में—

राम तुम मानव हो, ईश्वर नहीं हो क्या?
तब मैं निरीश्वर हूँ, ईश्वर क्षमा करें!

गुप्तजी की इसी कट्टरता ने राम-काव्य की परंपरा में उन्हें विशिष्ट स्थान दिला दिया है। एक स्थान पर राम के चरित्र पर प्रकाश डालते हुए उन्होंने लिखा है—

राम तुम्हारा चरित स्वयं ही काव्य है,
कोई कवि बन जाए सहज संभाव्य है।

यद्यपि 'प्रदक्षिणा' काव्य का उद्देश्य लक्ष्मण और उर्मिला के चरित्र के उज्ज्वल पक्ष को प्रस्तुत करना है, फिर भी काव्य में राम का चरित्र भी बड़े प्रभावोत्पादक ढंग से उपस्थित हुआ है।

'प्रदक्षिणा' के राम तुलसी के 'मानस' के राम से सर्वथा भिन्न हैं।

'मानस' के राम दैवीय हैं, लेकिन 'प्रदक्षिणा' में गुप्तजी ने राम को दैवीय से मानवीय धरातल पर उतारकर उनका चरित्र हमारे लिए अधिक ग्राह्य बना दिया है। साथ ही राम में नरत्व और नारायणत्व का सुंदर संयोग भी काव्य में परिलक्षित हुआ है। 'मानस' में जहाँ राम के जीवन के विभिन्न पहलुओं पर प्रकाश डाला गया है, वहीं 'प्रदक्षिणा' में शुरू से अंत तक राम का वनवासी रूप ही चित्रित हुआ है। लेकिन 'प्रदक्षिणा' के आरंभ में कवि ने राम के दैवीय रूप को भी स्वीकारा है और इसका कारण राम के प्रति कवि की भक्ति-भावना ही निहित है।

धर्म हेतु अवतीर्ण हुए प्रभु
मुनियों ने यह जाना था,
नर रूपी निज परमेश्वर को
पहले से पहचाना था।

स्पष्ट है कि राम की भक्ति किसी-न-किसी रूप में उन्हें परमेश्वर मानने को बाध्य कर देती है।

जैसा कि पहले भी कहा गया है कि आज का युग मौलिकता का युग है। हर क्षेत्र में नवीनता का आग्रह इसका तकाजा है। यही कारण है कि आज के बदलते युग, बदलती मान्यताओं के परिवेश में हमारे सारे पौराणिक पात्रों के चरित्र के रूप बदल गए हैं। उनका स्वर भी बदल गया है, जो आज की आवाज है। यही कारण है कि गुप्तजी ने परंपरा का पालन करते हुए राम के चरित्र में मौलिकता और नवीनता को प्रश्रय दिया है। दूसरे शब्दों में कहें तो प्राचीन राम को नवीन साँचे में ढालकर उस पर मौलिकता का रंग चढ़ाकर हमारे सामने उपस्थित किया है। अर्थात् प्राचीन राम के कंकाल में नवीन प्राण-प्रतिष्ठा की है।

'प्रदक्षिणा' के राम दैवीय और मानवीय—दोनों रूप में दिखाई देते हैं। भले ही उनका दैवीय रूप अधिक समय तक नहीं टिकता। जनकपुर आते समय रास्ते में अहल्या-उद्धार, अल्पायु में ही भयानक राक्षसों का

संहार, जनक की सभा में परशुराम से कहना—"मुनिवर! इसका गुण अमोघ है। ज्ञात तुम्हें भी तो है।" आदि राम के दैवीय रूप को ही दरशाते हैं, लेकिन राम के दैवीय रूप में कवि का चित्त रमा नहीं है। मौलिकता के आग्रह ने उन्हें राम को मानवीय बनाने पर मजबूर कर दिया है। दूसरे शब्दों में कहें तो गुप्तजी के कवि-मन ने उनके भक्त-मन की उपेक्षा कर दी है।

राम से पहला परिचय हमारा एक आदर्श पुत्र के रूप में होता है। राम दशरथ के सबसे बड़े और प्रिय पुत्र हैं। उनका बचपन पिता के स्नेह की छाया में ही पला-बढ़ा है। सभी प्रकार से राम को सुयोग्य समझकर जब दशरथ ने राम को अयोध्या का राजा बनाने की घोषणा की, तो सारी अयोध्या में आनंद की लहर दौड़ गई, क्योंकि राम अयोध्यावासियों के भी परमप्रिय थे। लेकिन सुबह होते ही जो नजारा सामने आया, उसे देखकर सभी हतप्रभ रह गए। ठीक ही कहा है—Man Proposes, God Disposes. एक स्थान पर गुप्तजी ने ही लिखा है—

निशि की अँधेरी यवनिके
चुप चेतना जब सो रही,
नेपथ्य में तेरे न जाने
कौन सज्जा हो रही।

राम को अयोध्या का राज्य मिलने के बजाय वन का राज्य मिला। पल भर में ही सारी खुशियाँ मातम में बदल गईं। खुशियों का चमन गम की गर्द से धूमिल पड़ गया, लेकिन राम सदा की भाँति शांत और संयत रहे, मानो कुछ हुआ ही नहीं। ऐसे समभाव व्यक्ति को 'स्थितप्रज्ञ' कहा गया है। राम रघुकुल की रीति से परिचित थे—प्राण जाए पर वचन न जाए। अतः वे पिता के वचन की रक्षा के लिए वन-गमन की तैयारी में जुट गए। इस अर्थ में 'प्रदक्षिणा' के राम वीतराग और वीतक्रोध हैं। सुख-दुःख में समभाव हैं, स्थितप्रज्ञ हैं। संसार का सारा-का-सारा सुख भी उन्हें आंदोलित नहीं कर सकता और न दुःख प्रभावित ही कर सकता

है। ऐसी भीषण परिस्थिति में भी राम अपना कर्तव्य नहीं भूलते। माताओं के आँसू, परिजनों की पुकार, अयोध्यावासियों का चीत्कार आदि कोई उन्हें रोक नहीं पाता है और वन प्रस्थान कर जाते हैं। राम के चट्टानी चरित्र पर दुःख की लहरें टकराकर स्वयं लौट जाती हैं।

वन-गमन जैसी भीषण परिस्थिति में बड़े-बड़े जीवट वाले लोगों के हौसले भी पस्त हो जाते हैं, लेकिन राम अपनी चिंता छोड़ माताओं को सांत्वना देते हैं। अयोध्यावासियों को ढाढ़स बँधाते हैं। कहते हैं कि यह उनका सौभाग्य है, जो आज उन्हें पिता के वचन का पालन करने का मौका मिला है। कैकेयी से भी उन्हें कोई शिकायत नहीं है। चित्रकूट में भी वे सबसे पहले कैकेयी से ही मिलते हैं और अपने मृदु वचनों से उनकी ग्लानि को दूर करने का प्रयास करते हैं। भरत से मिलकर उन्हें आनंद प्राप्त होता है। लक्ष्मण के उत्तेजित होने पर राम कहते हैं—लक्ष्मण शांत, शांत हो भाई,

प्रेम नहीं विनिमय-व्यापार।

वस्तुतः प्रेम में हानि-लाभ नहीं देखा जाता। वे किसी को अपनी दशा के लिए दोष नहीं देते और अपने पूर्व जन्म के पापों का फल मानकर संतुष्ट हो जाते हैं। इस प्रकार 'प्रदक्षिणा' के राम असीम धैर्यवान, अपार साहस, सहनशीलता, हर परिस्थितियों में समभाव रखने वाले प्राणी हैं।

'प्रदक्षिणा' के राम मातृ-पितृभक्त के साथ-साथ गुरुभक्त भी हैं। वे अल्पआयु में विश्वामित्र के साथ वन-वन भटकते हैं। अपने प्राणों की परवाह किए बिना भयंकर राक्षसों का संहार करते हैं। मुनियों के यज्ञ की रक्षा करते हैं। प्राणपण से गुरु की सेवा में तत्पर रहते हैं। उनकी प्रत्येक आस को शिरोधार्य करते हैं। जनक की सभा में बिना गुरु की आज्ञा के वे धनुष तोड़ने को नहीं जाते। राम के इन्हीं गुणों को जानकर विश्वामित्र ने दशरथ से उन्हें माँगा था।

कई स्थानों पर हम राम की वीरता से भी परिचित होते हैं। अकेले ही

खर-दूषण को सेना-सहित मार गिराना, ताड़का-वध, मारीच-वध, लंका में रावण पर विजय, ये सारे उदाहरण उनकी वीरता के परिचायक हैं। ताड़का-वध से पहले वे उसे नारी जानकर हिचकते हैं, पर दूसरे ही पल 'अधम आततायी जो भी हो, समुचित है उसका अभिघात' कहकर उसे मार डालते हैं।

'प्रदक्षिणा' के राम में हम स्वदेश के प्रति भक्ति भावना से भी परिचित होते हैं। उन्हीं के शब्दों में, "मुझे आत्म-रक्षा से पहले, है स्वदेश-रक्षा का ध्यान।"

जनक की सभा में राम के चरित्र की सहजता परिलक्षित होती है। जनक की ललकार पर लक्ष्मण उग्र हो जाते हैं। सिंह की तरह दहाड़ने लगते हैं, लेकिन राम यहाँ भी सहज-भाव से ही रहते हैं। गुरु की आज्ञा बिना वे धनुष तोड़ने को तैयार नहीं होते। धनुष तोड़कर भी उनमें न हर्ष है, न विषाद के भाव ही। परशुराम-लक्ष्मण संवाद पर भी वे मौन साधे रहते हैं। परशुराम के गर्जन-तर्जन पर भी वे संयत बने रहते हैं। यह धीरता और गंभीरता राम के चरित्र की बड़ी विशेषता है।

राम का भ्रातृप्रेम भी हमारे लिए एक आदर्श स्वरूप है। वन-गमन के समय लक्ष्मण के हठ के सामने उन्हें झुकना पड़ता है। वन में भी राम उसका सदा ध्यान रखते हैं। लंका में लक्ष्मण के शक्तिबाण लगने से मूर्च्छित हो जाने पर वे विकल हो जाते हैं। तुलसी ने 'मानस' में इस स्थान का बड़ा मार्मिक वर्णन किया है—'प्रभु प्रलाप सुनि कान विकल भये वानर निकर।' वहाँ अपने सहोदर भाई को पाने के लिए वे अपना घर, द्वार, परिवार—सबकुछ त्यागने को तैयार हो जाते हैं—

सुत बित नारी भवन परिवारा।
होहिं जाहिं जग बारंबारा
अस विचारि जिय जागहुँ ताता
मिलहि न जगत् सहोदर भ्राता॥

लेकिन यहाँ 'प्रदक्षिणा' के राम 'मानस' से भिन्न हैं। वे पहले रोते

नहीं, भीषण प्रतिशोध की ज्वाला में जल उठते हैं—

रोऊँगा पीछे रोऊँगा प्रथम उत्रृण
रिपु के ऋण से॥

प्रबल वेग से शत्रु-सेना का संहार करने लगते हैं। कुंभकरण का वध करके 'भाई का बदला भाई ही' कहकर शांत होते हैं।

लक्ष्मण के प्रति उनका असीम प्यार इन पंक्तियों में झलकता है—

तुच्छ एकभ्या इस शरीर में
डालो कोई मेरे प्राण।

राम लक्ष्मण ही नहीं, बल्कि अपने सभी भाइयों को समान भाव से प्यार करते हैं। अपने राजा बनने का समाचार पाकर वे खुश नहीं होते। वे सोचते हैं—चारों भाई एक साथ ही पले-बढ़े, खेल-कूदकर बड़े हुए, फिर राज्य पाने का अधिकार बड़े भाई को ही क्यों? राज्य के इस नियम पर उन्हें क्षोभ होता है। राम का यह चरित्र आज के भाइयों के लिए एक महान् आदर्श उपस्थित करता है।

'प्रदक्षिणा' के राम में हम एक आदर्श पति का भी रूप पाते हैं। वे जानते हैं कि कोमलांगी सीता वन के कष्टों को नहीं झेल सकती। अत: वे उसे भली-भाँति समझाते हुए वन जाने से रोकते हैं। सीता कहती हैं कि पत्नी तो पति का आधा अंग होती है, तभी तो उसे अर्धांगिनी कहा गया है। यदि राम सीता को छोड़कर वन जाते हैं तो वे आधे अंग से ही तो पिता के वचन का पालन करेंगे। आधा अंग तो उनका अयोध्या में ही रह जाएगा। सीता के इस तर्क के सामने राम निरुत्तर हो जाते हैं। 'साकेत' में भी कवि ने लिखा है—

हैं अर्धांग अधूरे ही,
सिद्ध करो तो पूरे ही।

वन में श्रीराम सीता की हर इच्छा का ध्यान रखते हैं। उसकी इच्छा जानकर ही वे स्वर्ण-मृग के पीछे दौड़ पड़ते हैं। सीता-हरण के बाद

राम का विलाप चेतन क्या, जड़ को भी हिला देता है। 'मानस' के राम तो पत्नी-वियोग में पागल होकर वन के पशु-पक्षियों से उसका पता पूछने लगते हैं—हे खग, मृग हे मधुकर श्रेनी, तुम देखी सीता मृगनैनी। 'प्रदक्षिणा' में राम एक सामान्य व्यक्ति की तरह ही आचरण करते हैं। रास्ते में गिरे सीता के अलंकारों को चुनते हैं। विविध प्रकार से विलाप करते हैं। यहाँ हम राम के कोमल हृदय से भी परिचित होते हैं। उनके भीतर भी सुख-दुःख के तार जुड़े हैं, जो समय की चोटों से झंकृत होते हैं।

'प्रदक्षिणा' के राम एक आदर्श मित्र भी हैं। सुग्रीव को बाली के अत्याचार से मुक्त कर उसका राज्य वापस दिलाते हैं। शत्रु का भाई जानते हुए भी विभीषण को अपना मित्र स्वीकार करते हैं। रावण-विजय के बाद लंका का राज्य विभीषण को सौंप देते हैं और इस प्रकार वे अपने मित्र-धर्म का निर्वाह करते हैं।

शूर्पणखा के साथ संवाद में राम की विनोदप्रियता भी झलकती है। वहीं राम यशस्वी पुरुष की विशेषता बताते हुए कहते हैं—"जो लोग किसी के अपूर्ण जीवन को पूर्ण बनाते हैं, वे आत्मविश्वासी होकर समाज में यश और सम्मान के भागी बनते हैं।"

संक्षेप में 'प्रदक्षिणा' के राम रूप की खान है, शोभा के धाम भी हैं। सौंदर्य के आगार हैं। शील के भंडार हैं। कवि के ही शब्दों में—

किंवा उतर पड़ा धरती पर, श्याम रूप कोई धन था,
एक अपूर्व ज्योति थी जिसमें, जीवन का गहरापन था।

लक्ष्मण से निराश होकर शूर्पणखा राम के रूप पर रीझकर उनकी ओर आकृष्ट होती है। अंत में, राम के चरित्र में सरलता और शुचिता भरी पड़ी है। उनका सारा चरित्र भारतीय मर्यादा और संस्कृति से सना है, आदर्शों से भरा है। उनके चरित्र में हिमालय की दृढ़ता है, सागर की विशालता और गंभीरता है तथा लोक-मंगल की भावना से अनुप्राणित है। यहाँ यह कहना अप्रासंगिक नहीं होगा कि उनका व्यक्तित्व अत्यंत प्रेरक

है। अच्छाइयों का ग्राहक, बुराइयों का त्यागी है। विविधता में एकता है। राम का व्यक्तित्व इतना उदात्त, पावन, मूल्यपरक और प्रेरक है कि उससे समाज की सभी समस्याओं का निदान निकल सकता है। अंत में परमहंस के अनुसार, फूले हुए फूल की गंध को पाकर भौंरा अपने आप खिंचा चला आता है। मनुष्य भी जब पूर्ण चरित्रवान होता है, तो चरित्र की खोज करने वाले स्वयं उसके समीप पहुँच जाते हैं, लेकिन। 'प्रदक्षिणा' में जहाँ राम के चरित्र में इतने गुण भरे गए हैं—वहीं एक बड़ा दुर्गुण भी है। यहाँ राम कर्मवादी न होकर भाग्यवादी बन गए हैं।

□

प्रदक्षिणा के भरत

'रामचरितमानस' में तुलसीदासजी ने भरत को अपना प्रथम प्रणाम अर्पित करते हुए लिखा है—

प्रनवउँ प्रथम भरत के चरना।
जासु नेम ब्रत जाइ न बरना॥

यहाँ थोड़े शब्दों में तुलसीदासजी ने भरत के चरित्र के कई गुणों से हमारा परिचय करा दिया है। लेकिन 'पंचवटी' और 'प्रदक्षिणा' का भरत अपनी व्यथा-कथा सुनाते हुए कहता है—

मुझे मारने को अपयश से
जननी ने है जन्म दिया।

सचमुच, भरत जैसा अभागा पात्र रामकथा की परंपरा में और कोई नहीं मिलता। उसके चारों ओर उपेक्षा, घृणा, क्रोध का सागर उमड़-घुमड़ रहा है। उसके बीच भरत डूब-उतरा रहा है। हर तरफ उस पर भेद भरी दृष्टि पड़ती प्रतीत होती है। इस तरह संपूर्ण रामकथा में सबसे असहाय और निरीह कोई पात्र है, तो वह भरत ही है। उसके भाग्य की यह विचित्र विडंबना है कि उसे न तो अयोध्या का राज मिला, न वनवास ही। उसकी स्थिति ऐसी विचित्र बन गई है कि वह न घर का रहा, न घाट का।

अब तक कवियों ने भरत के चरित्र पर सहानुभूतिपूर्वक विचार नहीं किया। उसे आत्मग्लानि के सागर में डूबा ही छोड़ दिया। किसी ने उसके आँसू पोंछने का प्रयास नहीं किया। यद्यपि 'मानस' में तुलसी ने

भरत को निष्कलंक और निरपराध बताया है, पर वहाँ भरत का चरित्र खुलकर सामने नहीं आया है। पहली बार गुप्तजी ने 'प्रदक्षिणा' में भरत के कलंक धोने का प्रयास किया है और उसके प्रति हमदर्दी जताई है। ऐसा करके उन्होंने तुलसी के अधूरे कार्य को पूरा करने का प्रयास किया है। यहाँ भी गुप्तजी ने परंपरा का पालन करते हुए भरत के चरित्र में कई मौलिक गुणों का समावेश किया है। भरत के चरित्र के उदात्त गुणों से हमें परिचित कराया है।

सर्वप्रथम भरत एक आदर्श भाई के रूप में उपस्थित होता है। राम सीता और लक्ष्मण के साथ वन प्रस्थान कर चुके हैं। भरत ननिहाल से लौटता है। अयोध्या में प्रवेश करते ही सर्वत्र सन्नाटा और खामोशी पाता है। भाँय-भाँय करती सूनी गलियाँ और सड़कें किसी अमंगल की सूचना देती हैं। भरत नाना आशंकाओं से घिरा महल में प्रवेश करता है। जोर-जोर से धड़कता हुआ हृदय लेकर वह माताओं के पास जाता है। वहाँ का दृश्य देखकर उसका कलेजा काँप जाता है, पैरों तले की धरती खिसक जाती है। कुछ पल के लिए उसके होश उड़ जाते हैं। लोगों से सारा समाचार पाकर वह अपना सिर पीट लेता है।

भरत चाहता तो अयोध्या का राजा बन सकता था। सूना सिंहासन मानो उसे निमंत्रण दे रहा था। उसके मार्ग के सारे कंटक दूर हो चुके थे, लेकिन भरत ऐसा करता तो आज वह जिस यश और गौरव का भागी बना है, वह नहीं बनता। उसका नाम अमर नहीं होता। वह आज तक अपमान के सागर में डूबा ही रहता। उसका कलंक आज उसके नाम के साथ चलता।

अयोध्या पहुँचकर उसके सामने बड़ी विषम परिस्थिति थी। लेकिन भरत विचलित नहीं होता। वह अपना धैर्य और विवेक नहीं खोता। वह लक्ष्मण की तरह माता-पिता को भला-बुरा नहीं कहता और अपने दुर्भाग्य पर ही आठ-आठ आँसू रो लेता है। दूसरे ही पल वह राम को मनाने चित्रकूट की ओर दौड़ पड़ता है। कवि के ही शब्दों में—

मातृ तथा पितृहीन भवन में, आकर भरत न रह पाए,
अग्रज के अनुवर्ती बनकर चित्रकूट दौड़े आए।

राम जिन-जिन रास्तों से गुजरे थे, भरत उन रास्तों की धूल अपने सिर पर धारण करते हैं। लक्ष्मण दूर से ही भरत को दल-बल के साथ आते देखकर सशंकित हो उठते हैं—'कहीं भरत किसी गलत इरादे से तो नहीं आ रहे।' उनके हृदय में शंका के बीज अंकुरित होते हैं। लेकिन वहाँ पहुँचकर जब भरत राम के पैरों पर गिर पड़ते हैं और लक्ष्मण को अंक में भर लेते हैं, तो लक्ष्मण का सारा संदेह दूर हो जाता है। फिर तो राम और भरत के आँसुओं से चित्रकूट की धरती धुलकर पवित्र बन जाती है।

भरत राम को अयोध्या लौट चलने का आग्रह करते हैं। नाना प्रकार से मिन्नतें करते हैं। अपने भाग्य को कोसते हैं। उनका विलाप सुनकर मानो दिशाएँ भी खामोश हो जाती हैं। उनका रोना करुणा को भी रुला देता है। पर राम विचलित नहीं होते। वे भरत को तरह-तरह से समझाकर अयोध्या लौटने को कहते हैं। राम की दृष्टि में भरत महान् हैं। अपने कर्मों से उन्होंने अपने सारे कलंक धो डाले हैं। राम भरत को आश्वस्त करते हुए कहते हैं—

तुम अनन्य नागर हो मेरे
मैं वन में ही आज हरा।

लक्ष्मण को भी स्वीकार करना पड़ता है—

ईर्ष्या होती मुझे अगर जो
इतना गौरव पाता अन्य।

चित्रकूट में राम के सामने भरत अपने आप को इतना असहाय पाते हैं कि वह राम के लौटने का हठ भी करें तो कैसे? भरत कहते हैं कि भगवान् भक्त के लिए अपना नियम भी तोड़ देते हैं। पर भरत किस मुख से अपनी भक्ति का दंभ भरे? वह तो राम के वनवास का कारण है। भरत के इन शब्दों में जो निरीहता और दीनता भरी है, वह कोई सहृदय ही समझ सकता है—

सुना, भक्त के लिए स्वयं निज
नियम नहीं रखते भगवान।
पर मैं कैसे निज भक्ति दिखाऊँ
अपने प्रभु की आज्ञा मान।

यदि वे राम की आज्ञा मानते हैं तो उन्हें बिना राम को लिये ही अयोध्या लौटना होगा और राम को चलने का हठ करें तो फिर प्रभु की आज्ञा की अवहेलना होगी; और आज्ञा की अवहेलना करने वाला भरत भक्त कैसे हो सकता है ? उनकी गति तो साँप-छछूँदर जैसी बन गई है। अपनी ही लाचारियों से वे लाचार हो गए हैं।

राम भरत की मनोदशा से पूर्ण रूप से परिचित हैं। वे उन्हें धैर्य धारण करने को कहते हैं। उनकी प्रशंसा में वे कहते हैं—

साधु भरत का अग्रज हूँ मैं,
यही राम का परिचय हो।
इससे अधिक लोक-जीवन में
भरत तुम्हारी क्या जय हो!

यह भरत के चरित्र की महानता की पराकाष्ठा है, जिसके आगे राम भी अपने को छोटा महसूस कर रहे हैं। राम कहते हैं—"भाई रे, तूने भाई के लिए नहीं कुछ भी छोड़ा।" रामचंद्र शुक्ल ने लिखा है—"चित्रकूट में राम और भरत का मिलन प्रेम और प्रेम का, कर्तव्य और कर्तव्य का, शील और शील का मिलन है।"

भरत राम की पादुका लेकर अयोध्या लौट आते हैं और उसे सिंहासन पर रखकर अयोध्या से दूर वनवासी का जीवन बिताते हुए राज्य का संचालन करते हैं। उनके लिए अयोध्या का सिंहासन राम की धरोहर है और वे पूरे मनोयोग से उसकी रक्षा करते हैं। भरत के भाग्य की यह कैसी विचित्र विडंबना थी कि उन्हें न तो घर मिला, न वन। राजा होकर भी वह वनवासी बने रहे।

भरत भी धैर्यवान और सहनशील पुरुष हैं। विपत्ति में भी वे धैर्य नहीं खोते हैं। राम उन्हें उनके दायित्वों की याद दिलाते हैं और तब उन्हें यह ज्ञान होता है कि भरत पर आज माताओं, अयोध्या की प्रजा आदि का दायित्व आ गया है। वे इसका निर्वाह करने को तत्पर हैं। चित्रकूट से खाली हाथ लौटने के पीछे उनके इसी दायित्व का ज्ञान है। भरत अपने दायित्वों का सफल निर्वाह करते हैं। अयोध्या की प्रजा भरत में ही अपने राम को देखने लगती है।

'मानस' में तुलसी ने भी भरत के चरित्र को ऊँचा उठाने का प्रयास किया है। फिर भी 'प्रदक्षिणा' का भरत 'मानस' से भिन्न हैं। 'मानस' में वह दैवीय अधिक हैं, मानवीय कम। 'मानस' में जब वे हनुमान से राम पर विपत्ति का समाचार पाते हैं तो कहते हैं—

भृकुटी बिलास सृष्टि लय होई,
सपनेहुँ संकट परइ कि सोई।

लेकिन साकेत में भरत गरज उठते हैं—

सजे अभी साकेत, बजे हाँ, जय का डंका,
रह न जाए अब कहीं किसी रावण की लंका।

'प्रदक्षिणा' के भरत भी भक्त कम, भाई अधिक हैं।

संक्षेप में, भरत भी राम की तरह धैर्यवान, गुणवान हैं। अपने कर्मों से वे इतने महान् बन गए हैं कि उन्होंने अपने दुर्भाग्य को भी सौभाग्य में बदल दिया है।

□

प्रदक्षिणा की उर्मिला

'साकेत' काव्य में मैथिलीशरण गुप्त ने उर्मिला के चरित्र पर प्रकाश डालते हुए लिखा है—

सीता ने अपना भाग लिया,
पर इसने वह भी त्याग दिया।

'प्रदक्षिणा' की उर्मिला भी त्याग की मूर्ति है, बलिदान की पूर्ति है। उसका सारा जीवन व्यथा की एक मार्मिक कथा है, दुःख, दर्द और पीड़ा की दास्तान है। लगता है, विधाता ने उसकी सृष्टि रोने के लिए ही की है और उर्मिला विधाता की इच्छा को स्वीकार कर सारे कालकूटों को शंकर की तरह पी लेती है। उसे न किसी से शिकवा है, न किसी से शिकायत। जीवन का रस निचुड़ चुका है। जीवन की बगिया के सारे फूल मुरझा गए हैं। उसकी उम्र आँसुओं में ही बह गई। इतना सबकुछ होने के बाद भी वह विचलित नहीं हुई। उसने हर शूल को फूल समझकर गले लगाया। इस प्रकार उर्मिला ने त्याग, बलिदान का जो आदर्श उपस्थित किया है, वह आज की भारतीय नारियों के लिए सदा अनुकरणीय है। युग-युगों तक उसका चरित्र अनुप्रेरक बना रहेगा।

राम-काव्य की परंपरा में आज तक के कवियों ने उर्मिला पर चुप्पी साध ली थी। उसके प्रति वे उदासीन बने रहे। उसे अयोध्या के राजमहल के कोने में रोने-बिलखने को छोड़ दिया था। किसी ने की उसके आँसू पोंछने का प्रयास नहीं किया। 'रामचरितमानस' में तुलसी ने भी उर्मिला

की उपेक्षा की है। तुलसी को शायद भय था कि अगर 'मानस' में उर्मिला के चरित्र को उजागर किया गया तो सीता का चरित्र गौण पड़ जाएगा। रामभक्त तुलसी को यह स्वीकार नहीं था। अत: राम-सीता के चरित्र की रक्षा के लिए उर्मिला उपेक्षित बनकर रह गई।

'प्रदक्षिणा' में गुप्तजी ने इस तथ्य को समझा है और उर्मिला को इतिहास के अंधकार से निकालकर नई प्रकाश-भूमि पर खड़ा किया है। जैसा कि पहले भी कहा गया है कि आज का युग भौतिकता का युग है और नवीनता इसका बड़ा तकाजा है। आज का कवि परंपरा का पालन तो करता है, पर रूढ़िवादिता का नहीं। आज वह लकीर का फकीर नहीं रहा। यही कारण है कि गुप्तजी ने 'प्रदक्षिणा' में उर्मिला के चरित्र का नया मूल्यांकन किया है। सच तो यह है कि 'प्रदक्षिणा' की रचना उर्मिला के चरित्र के उद्दाम गुणों से हमें परिचित कराने के लिए ही हुई है।

'प्रदक्षिणा' में उर्मिला से हमारा पहला परिचय एक त्यागमयी नारी के रूप में होता है। त्याग और बलिदान भारतीय नारी का सबसे बड़ा भूषण रहा है। इन्हीं गुणों के कारण शास्त्रों में उसे 'पूजनीय' कहा गया है। 'यत्र नारी पूज्यन्ते, तत्र रमन्ति देवता।'

इतिहास गवाह है कि समय-समय पर भारतीय नारियों ने अपने अद्‌भुत त्याग और बलिदान से पुरुषों का गौरव मार्ग प्रशस्त किया है। यशोधरा न रोती तो क्या गौतम बुद्ध बन पाते! शैव्या न होती तो राजा हरिश्चंद्र अपने सत्य धर्म पर कितना खरे उतरते, कहना मुश्किल है। उसी प्रकार उर्मिला न होती, तो लक्ष्मण को आज इतना गौरव कभी नहीं मिल पाता। वे इतिहास के किसी अँधेरी गुफा में गुम हो गए होते। स्वयं राम अपने नाम का चंद्र छोड़कर उनका नाम नहीं जोड़ते। इस प्रकार उर्मिला अपने पति के कर्तव्य-यज्ञ में अपने जीवन के सारे सुख-सौंदर्यों की बलि चढ़ा देती है। पति की राह में फूल की तरह बिछ जाती है।

उर्मिला का जीवन भी जनकपुर की गलियों में सीता की तरह ही

खेल-कूदकर बीता। सीता की तरह उसे भी माता-पिता का अपार प्यार मिला। सीता की तरह ही वह भी ब्याहकर अयोध्या के राजमहल में आई। अयोध्या आते समय उसके हृदय में भी अरमानों के ढेर थे। उमंगें हिलोरें ले रही थीं। सपनों की सेज सजी थी। उसकी हसरतें भी जवान थीं। लेकिन महल में पैर रखते ही उस पर खुदा का कुफ्र टूट पड़ा। उसके सारे सपने बिखर गए। हसरतों का खून हो गया, फिर भी वह जरा भी विचलित नहीं होती है। उसके आराध्य के आराध्य को गद्दी मिलने वाली है। यह सब सोचकर वह भी सारी रात आनंद की लहरों में तैरती रही, लेकिन सवेरा होते ही उस पर दुःख का पहाड़ टूट पड़ा, दर्द का सागर उमड़ पड़ा। फिर भी उर्मिला कहीं धैर्य नहीं खोती है। वह विधाता का विधान मानकर चुपचाप सबकुछ सह लेती है।

राम को पिता के वचन का पालन करना था। सीता को पति की सेवा करनी थी। अतः दोनों वन गए। पर लक्ष्मण को क्या था? उन्हें तो वनवास नहीं मिला था! उर्मिला चाहती तो लक्ष्मण को वन जाने से रोक सकती थी। सीता को अपना पति प्यारा था, तो उर्मिला को भी अपना पति प्यारा था। पति-भक्ति की जो शिक्षा सीता को मिली थी, वही शिक्षा उर्मिला को भी मिली थी। अगर उस दिन वह अपने पति को रोक लेती, तो आज लक्ष्मण को इतना गौरव नहीं मिल पाता। उर्मिला पति की राह का कंटक बन जाती। अतः अपने पति के मान, यश, गौरव की प्राप्ति के लिए वह अपना प्राप्य भी छोड़ देती है। लक्ष्मण रुक भी जाते तो क्या वे सुखी रह पाते?

वह कहती भी है—

यहाँ दुःखी रहने से अच्छा
वहाँ स्वस्थ वे रह पावें।

उर्मिला के त्याग के सामने सीता भी नतमस्तक है। वह उर्मिला से पूछती है—

मैं न रह सकी जिस ज्वाला में,
क्या उसमें रह लोगी तू?

और सीता के इस प्रश्न का जो उत्तर उर्मिला देती है, उसकी मार्मिकता तो कोई सहृदय वाला ही समझ सकता है।

जीजी और कौन गति मेरी,
रह-सह सकूँ यही वर दो।
चरणों पर माथा रखती हूँ,
इस पर तुम निज कर धर दो।

सचमुच उसके पास चारा ही क्या है? वियोग की आग में उसे जलना ही होगा, लेकिन उर्मिला को संतोष है कि उसने अपने धर्म और कर्तव्य की रक्षा कर ली है। उसी के शब्दों में—

दे न सका संसार हमें कुछ
हमीं उसे कुछ दे जाएँ
यहाँ विकल रहने से अच्छा
वहाँ स्वस्थ वे रह पाएँ।

अगर उर्मिला भी लक्ष्मण के साथ वन जाती, तब भी वह पति की राह की बाधा ही बनती। ऐसी स्थिति में लक्ष्मण का सारा ध्यान उर्मिला में लगा रहता और वे राम-सीता की सेवा नहीं कर पाते। इन्हीं सारी लाचारियों ने उर्मिला को लाचार बना दिया है। जो भी हो, उर्मिला अपने त्याग और बलिदान से राम-काव्य की परंपरा में सबसे महान् स्त्री पात्र बन गई है।

उर्मिला में एक क्षत्राणी का गुण भी भरा है। लक्ष्मण के सामने वह अपनी कमजोरी प्रकट होने नहीं देती। अपनी मूर्च्छा को वह नारी सुलभ दुर्बलता कहती है—

वह नारी सुलभ दुर्बलता थी,
आकस्मिक वेग विकलता थी।

चित्रकूट में उर्मिला का जो शांत रूप दिखाई देता है, वह अद्भुत

है। कितनी आकुलता, व्याकुलता, कितने शिकवे और उलाहने लेकर वह चित्रकूट आती है। लेकिन लक्ष्मण के सामने आते ही वह सबकुछ भूल जाती है। उसकी जुबाँ पर ताला पड़ जाता है। फिर इन शब्दों में अपना सारा भार लक्ष्मण पर डालकर निश्चिंत हो जाती है—

हाँ स्वामी, कहना था क्या-क्या,
कह न सकी कर्मों का दोष!
पर जिसमें संतोष तुम्हें हो,
मुझे उसी में है संतोष।

उर्मिला की महानता के सामने लक्ष्मण अपने को बहुत छोटा महसूस करते हैं। उससे आँख मिलाते हुए संकोच करते हैं। लक्ष्मण के इन शब्दों से उर्मिला की महानता परिलक्षित होती है—

वन में तनिक तपस्या करके
बनने दो मुझको निज योग्य
भाभी की भगिनी तुम मेरी
अर्थ नहीं केवल उपभोग्य।

संक्षेप में, उर्मिला का चरित्र त्याग व बलिदान का, साहस व धैर्य का संगम है। उसका सारा जीवन, सारा चरित्र आचरण-कार्य—सभी आज की भारतीय नारियों के लिए आदर्श स्वरूप और प्रेरणादायी है।

□

प्रदक्षिणा की सीता

रामकथा सीता के बिना अधूरी है। 'रामचरितमानस' में तुलसी ने भी सीता को उसी रूप में चित्रित किया, जिस रूप में मैथिलीशरण गुप्तजी ने 'प्रदक्षिणा' में किया है। फिर भी 'मानस' की सीता 'प्रदक्षिणा' की सीता से भिन्न है। 'मानस' में सीता दैवीय रूप में आई है। वहाँ वह देवता राम की पत्नी है। धरती की बेटी है। जगत्-जननी है। वहाँ वह आदर्श और मर्यादा की मूर्ति है। 'मानस' की सीता हर घटना को विधि का विधान मानकर उसके आगे नतमस्तक हो जाती है। 'प्रदक्षिणा' के आरंभ में भी सीता दैवीय रूप में ही दिखाई देती है—

प्रभु अवतरित अयोध्या में थे,
जनकपुरी में उनकी शक्ति।

लेकिन सीता का यह दैवीय रूप यहाँ अधिक देर तक नहीं टिकता। इसका कारण है आधुनिकता का तकाजा। आज के बदलते युग की मान्यताओं के परिवेश में युग की माँग की उपेक्षा कोई कवि नहीं कर सकता है। गुप्तजी जैसे युग-चेतन कलाकार भी इसकी उपेक्षा नहीं कर पाए हैं। फलत: परंपरा का निर्वाह करते हुए उन्होंने भी सीता को दैवीय से मानवीय धरातल पर उतारकर, उसमें मानवोचित गुणों को भरकर भारतीय नारी के लिए अनुप्रेरक और ग्राह्य बना दिया है।

'प्रदक्षिणा' में सीता के कई रूप हैं। कहीं वह आदर्श पत्नी है, तो कहीं ममतामयी भाभी है, तो कहीं आदर्श गृहिणी तो कहीं बिल्कुल

सामान्य नारी है। इन सभी रूपों में सीता के कुछ दायित्व हैं, जिनका वह सफल निर्वाह कर लेती है। यद्यपि 'प्रदक्षिणा' की नायिका शूर्पणखा बन गई है और सीता सहनायिका के रूप में आई है, लेकिन इसी रूप में वह कथानक को आगे बढ़ाने में सहायक होती है। लेकिन ज्यों-ज्यों कथा आगे बढ़ती है, सीता प्रधानपात्र बन जाती है और थोड़े ही समय में वह हम पर अपने आचरण की अमिट छाप छोड़ जाती है।

'प्रदक्षिणा' में सीता से हमारा पहला परिचय एक आदर्श पत्नी के रूप में होता है। वह राम के साथ वन जाने को तैयार हो जाती है। राम उसे वन की भयानकता का भय दिखाते हैं और अयोध्या में ही रहकर परिजनों की सेवा करने को समझाते हैं। पर सीता अपने हठ से पीछे नहीं हटती।

मानस में वह इस स्थान पर कहती है—

जहँ लगिनाथ नेह अरु नाते, पिय बिनु नियहि तरतिहुते ताते,
तनु धनु धाम धरनि पुर राजू, पति बिहीन सबु सोक समाजू।

'साकेत' में तो उसका तर्क राम की बोलती ही बंद कर देता है। वहाँ वह कहती है—

हैं अर्द्धांग अधूरे ही, सिद्ध करो तो पूरे ही।

'प्रदक्षिणा' में भी सीता के तर्क अकाट्य होते हैं। अंत में राम को उसके तर्कों के आगे झुकना पड़ता है और सीता राम के पीछे हो लेती है। चौदह वर्ष तक जेठ की चिलचिलाती धूप हो, या वैशाख की सनसनाती हवा, शीत की लड़ी हो, या वर्षा की झड़ी, पर सीता अपने पति के पीछे-पीछे चलती रही। जिस सीता के लिए तुलसी ने 'मानस' में लिखा—

पलंग पीठ तजि गोद हिंडोरा, सियँ न दीन्ह पगु अवनि कठोरा।

वह सीता वन-वन भटकती है। तृण की शय्या पर सोती है, कंद-मूल से पेट भरती है। पति-भक्ति का ऐसा उदाहरण संसार के साहित्य में विरले ही मिलेगा।

'प्रदक्षिणा' की सीता रूपवती ही नहीं, गुणवती भी है। वह रूप की

खान है। शोभा का धाम है। सौंदर्य का आगार है। शील का भंडार है। सूरत उसकी बड़ी खूबसूरत है। रूप उसका अनूप है। तभी तो जनक की फुलवारी में राम उसके रूप की एक झलक पाकर मन-ही-मन मोहित हो जाते हैं। सीता के रूप पर चेतन क्या वन के फूल भी विभोर हो उठते हैं।

हँसने लगे कुसुम कानन के, देख चित्र-सा एक महान।
विकस उठीं कलियाँ डाली में, निरख मैथिली की मुस्कान।

'प्रदक्षिणा' की सीता एक कुशल गृहिणी के रूप में आई है। गृहस्थाश्रम में गुप्तजी की पूरी आस्था थी। पारिवारिक प्रेम और दायित्वों के निर्वाह में उनका पूर्ण विश्वास था। यही कारण है कि उनके सभी पात्र गृहस्थाश्रम जीवन जीते हैं। अपने दायित्वों के निर्वाह के प्रति सदा सजग और सचेष्ट रहते हैं। प्रदक्षिणा की सीता भी अपने हाथों अपनी कुटिया सजाती है। घर-आँगन गोबर से लीपती है, बुहारती है। पक्षियों को दाना चुगाती है। वनवासियों के प्रति भी उसका व्यवहार कोमल और स्नेहपूर्ण है।

सीता के चरित्र में स्वावलंबन का यह गुण उसे अब तक के काव्यों में आई सभी सीताओं से अलग कर देता है। लक्ष्मण कहते हैं—

स्वावलंबन की एक झलक पर
न्योछावर कुबेर का कोष।

अपने देवर लक्ष्मण के प्रति भी सीता का व्यवहार कोमल और स्नेहपूर्ण है। कई स्थानों पर देवर-भाभी का शुद्ध हास-परिहास सुनकर राम भी मुग्ध हो जाते हैं। आज के समाज में देवर-भाभी का ऐसा नाता दुर्लभ है। पारिवारिक प्रेम का ऐसा दृश्य आज के परिवार में खोजने से भी नहीं मिलेगा।

सब बातें मैंने सुनी नहीं तुम रखना याद।
कब से चलता है बोलो यह नूतन शुकरंभा संवाद।

इन पंक्तियों में हम सीता में विनोदप्रियता का गुण भी पाते हैं। यह सीता की विनोदप्रियता ही है कि वन में काँटों के बीच भी राम-लक्ष्मण

को कोई अभाव नहीं खलता। राम के साथ भी वह विनोद करने से बाज नहीं आती।

आर्य-पुत्र उठकर तो देखो, क्या ही सुप्रभात है आज,
स्वयं सिद्धि-सी खड़ी द्वार पर, लेकर अनुज-वधू का साथ।

शूर्पणखा से वार्त्तालाप में भी सीता की विनोदप्रियता खुलकर सामने आई है।

'प्रदक्षिणा' की सीता में मर्यादा कूट-कूटकर भरी है, क्योंकि वह मर्यादा पुरुषोत्तम राम की पत्नी जो है। यह शील और मर्यादा भारतीय नारी का सबसे बड़ा भूषण है। वन-गमन के समय वह थोड़ा विचलित होती है, लेकिन यहाँ भी मर्यादा का अतिक्रमण नहीं करती, बल्कि अपने पति, सासुमाताओं से बड़े शांत भाव और मर्यादित ढंग से बात करती है। अपने तर्कों से सभी को निरुत्तर कर देती है। इस अर्थ में हम सीता में अद्भुत तर्कशक्ति भी पाते हैं।

'प्रदक्षिणा' की सीता में जहाँ इतने गुणों का समावेश है, वहीं कुछ दुर्बलताएँ भी हैं। स्वर्ण-मृग को देखकर उसका चर्म पाने को वह लालायित हो उठती है। उसे पाने को उतावली हो जाती है। राम को उस मृग के पीछे भागना पड़ता है। वे कहते भी हैं—'सब सुचर्म पर मरते हैं।' यहाँ सीता के बहाने गुप्तजी ने नारी-जाति को यह संदेश दिया है कि सोना, अर्थात् धन-वैभव के पीछे भागनेवाली नारी स्वयं तो संकट में पड़ती ही है, पूरे परिवार को मुसीबत में डाल देती है। जो भी हो, सुंदर वस्तु पाने की ललक तो हर हृदय में होती है, भले ही वह नारियों में कुछ अधिक होती है।

लेकिन वही सीता राम को लौटने में देर होते देखकर नाना आशंकाओं से घिर जाती है। अपने हठ पर पछताती भी है। अपने को कोसती भी है। 'हा लक्ष्मण! हा सीते!' की पुकार सुनकर उसका धैर्य जाता रहता है। वह आकुल-व्याकुल हो उठती है। वह लक्ष्मण को राम का पता लगाने को कहती है। लक्ष्मण के समझाने का उस पर उलटा असर होता है। वह

इतना घबरा जाती है कि लक्ष्मण को ही जली–कटी सुनाने लगती है। यहाँ तक कि उसके चरित्र पर लांछन भी लगा बैठती है।

क्या क्षत्रिय नहीं मैं बोलो
पर तुम कैसे क्षत्रिय हो,
इतने निष्क्रिय होकर भी
जो बनते यों स्वजनप्रिय हो।

सीता का यह रूप उसे बिल्कुल सामान्य नारी बना देता है। दुर्बलता जिसका स्वाभाविक गुण है। थोड़ी सी विपत्ति की आशंका भी उसे विचलित कर जाती है। पल भर में ही वह अपना विवेक खो देती है। उसकी बुद्धि का संतुलन बिगड़ जाता है। लक्ष्मण कहते भी हैं—

नहीं अंध ही किंतु बधिर भी
अबला बधुओं का अनुराग।

सीता का पति–प्रेम भी अभी वैसा ही अंधा और बहरा बन गया है।

लक्ष्मण राम की टोह में चले जाते हैं। सीता को हिदायत दे जाते हैं कि वह उनकी खींची हुई रेखा से बाहर न आएँ। तभी भिक्षुक भेस में रावण उपस्थित होता है। वह बँधी हुई भिक्षा लेने से इनकार करता है। सीता अजीब धर्मसंकट में पड़ जाती है। उसके भीतर भय और कर्तव्य का द्वंद्व चलता है। भिक्षुक खाली हाथ लौट गया तो धर्म की हानि होगी और वह रेखा से बाहर आई तो किसी संकट में पड़ सकती है! कुछ पल वह ऊहापोह की स्थिति में पड़ी रहती है, लेकिन वह क्षत्राणी भी है। अंत में साहस कर वह रेखा से बाहर आ जाती है। इस प्रकार धर्म की रक्षा के लिए विपत्ति सहने को तैयार हो जाती है। यहाँ सीता के बहाने गुप्तजी ने नारी को पुरुष की अपेक्षा अधिक धर्मभीरु बताया है। रावण को पहचान कर वह घबराती नहीं है। उसे ललकारती है। यहाँ उसका क्षत्राणी रूप प्रकट होता है, लेकिन है तो वह नारी ही। दूसरे ही पल वह मूर्च्छित होकर गिर पड़ती है।

गुप्तजी ने लंका में सीता के चरित्र को और ज्यादा ही निखारा है। लंका में सीता के सामने प्रलोभनों का ताँता लगा दिया जाता है। एक से बढ़कर एक नए आकर्षण दिखाए जाते हैं। वहीं भयानक राक्षसों का भय भी दिखाया जाता है, लेकिन सीता पर इन सबका कोई प्रभाव नहीं पड़ता और रावण की सभी नीतियाँ—साम, दाम, दंड, भेद सीता के आगे व्यर्थ सिद्ध हो जाती हैं। वह रावण की ओर देखती तक नहीं है। उसे भय है, कहीं रावण से बात करने में उसे पाप न लग जाए। वह कहती भी है—

भाषण करने में तुमसे
लग न जाए हा मुझको पाप,
शुद्ध करूँगी मैं अपने को,
अग्नि ताप में अपने आप।

जो सीता कभी सोने के मृग के चर्म को पाने के लिए लालायित हो उठी थी, आज उसी सीता के लिए सोने की लंका भी तुच्छ है। वह रावण से कहती है—

जीत न सका एक अबला का मन,
तू विश्व विजयी है कैसा?
जिसे तुच्छ कहता है, उससे
भागा क्यों तस्कर जैसा?

अशोक वाटिका में बैठी सीता अहर्निश राम का ही ध्यान करती है। कण-कण आँसू पीती है, पल-पल भय खाती है। वह हनुमान के द्वारा राम को संदेश भेजती है—

करें न मेरे पीछे स्वामी विषम कष्ट साहस के काम,
यही दुखनी सीता का सुख सुखी रहें उनके प्रिय राम।

हनुमान सीता को ले चलने की बात करते हैं तो सीता कहती है—'क्या चोरी-चोरी मैं अपने प्रभु को पाऊँ?' यदि ऐसा हुआ तो राम के क्षत्रिय होने पर बट्टा लग जाएगा।

इस प्रकार जहाँ सीता के चरित्र में नारी-सुलभ कुछ दुर्बलताएँ हैं, तो वही उसमें एक वीर क्षत्राणी का खून भी दौड़ रहा है।

अंत में गुप्तजी ने 'प्रदक्षिणा' की सीता के चरित्र में पतिपरायणता, विनोदप्रियता, गृहस्थ जीवन की सफलता, प्रियजनों के प्रति उदारता, आदर्शवादिता, सरलता, सहनशीलता, लावण्यता, सौम्यता, भद्रता आदि अनेक गुणों को भरकर आज की भारतीय नारी के लिए आदर्श स्वरूप में उपस्थित किया है।

□

प्रदक्षिणा की शूर्पणखा

शूर्पणखा को 'प्रदक्षिणा' की नायिका कहें या खलनायिका, इसमें मतभेद है, लेकिन इतना निश्चित है कि वह काव्य की एक प्रमुख स्त्री पात्र है, जो कथानक को आगे बढ़ाने में सहायक बनती है। उसके संभाषण में ही काव्य का सारा सौंदर्य छिपा है। राम-काव्य में शूर्पणखा एक बदनाम स्त्री पात्र है। अपने कर्मों और आचरणों से वह हमेशा के लिए उपेक्षा का पात्र बन गई है, लेकिन 'प्रदक्षिणा' में गुप्तजी ने उसके चरित्र का नया मूल्यांकन करके उसके प्रति अपनी सहानुभूति जताई है। उसके कलंक को धोने का प्रयास किया है।

'रामचरितमानस' में भी वह प्रायः निवेदन करती हुई ही उपस्थित होती है और 'प्रदक्षिणा' में भी वह लक्ष्मण से प्रेम-निवेदन करती हुई ही सामने आती है। फिर भी 'मानस' की शूर्पणखा से 'प्रदक्षिणा' की शूर्पणखा भिन्न है। 'मानस' में वह दिन के उजाले में प्रकट होती है, जबकि 'प्रदक्षिणा' में रात के सन्नाटे में उससे साक्षात्कार होता है। लगता है, शायद कवि ने उसके प्रणय-निवेदन में चाँदनी रात को उद्दीपन के रूप में प्रस्तुत किया है। 'मानस' और 'प्रदक्षिणा' दोनों में शूर्पणखा राक्षसी ही है, पर 'मानस' में जहाँ दुष्टमायाविनी नारी है, वहीं 'प्रदक्षिणा' में उसके हृदय की कोमलता से भी हमारा परिचय होता है। 'प्रदक्षिणा' की शूर्पणखा 'मानस' की अपेक्षा ज्यादा चतुर, प्रगल्भ और व्यवहारकुशल प्रतीत होती है।

रात का तीसरा पहर बीत रहा है। नीलाभ गगन में मगन चाँद-तारों की बारात में दूल्हे की तरह सजा-सँवरा मुस्करा रहा है। उसकी मुस्कान चाँदनी बनकर पंचवटी की धरती पर फैल रही है। ज्योत्स्ना की स्निग्धता में सनकर पंचवटी की प्रकृति स्नात हो रही है। हर तरफ अजीब सन्नाटा व्याप्त है। ऐसे समय में लक्ष्मण एक सफेद शिला पर बैठा पहरे में तल्लीन है। इस एकांत पल में वह अपने आप से ही बात करता है। कवि के ही शब्दों में—

कोई पास न रहने पर भी
जन मन मौन नहीं रहता।
आप-आप की कहता है वह
आप-आप की है सुनता।

तभी अचानक लक्ष्मण के सामने एक अपूर्व सुंदरी प्रकट होती है। उसके सौंदर्य का वर्णन करते हुए कवि ने लिखा है—

चकाचौंध-सी लगी देखकर प्रखर ज्योति की वह ज्वाला
निःसंकोच खड़ी थी सम्मुख एक रहस्यवदिनी बाला।
रत्नाभरण भरे अंगों में ऐसे सुंदर लगते थे
ज्यों प्रफुल्लवती पर सौ-सौ जुगनू जगमग जगते थे।

इस प्रकार शूर्पणखा से हमारा पहला परिचय एक अपूर्व सुंदरी बाला के रूप में होता है। उसका रूप अनूप है। वह अरूपा है, अपूर्वा है। सूरत उसकी बड़ी खूबसूरत है। उसके एक एकटाक्ष, भंगिमाएँ किसी के भी दिल-दिमाग में भयानक उथल-पुथल मचा सकती हैं। कवि के ही शब्दों में—

कटि के नीचे चिकुर जाल में उलझ रहा था बायाँ हाथ,
खेल रहा हो ज्यों लहरों से लोल कमल भौंरों के साथ।

संक्षेप में शूर्पणखा का यह रूप बड़ा ही मादक, मोहक, मादकता और श्रृंगारिकता का संचार करने वाला है। उसकी अदा पर आज का

कोई भी युवा मदहोश होकर अपने होश खो सकता है। लेकिन लक्ष्मण पर शूर्पणखा की इन अदाओं का कोई प्रभाव नहीं पड़ता।

शूर्पणखा का बाहरी रूप भले ही आकर्षक है, पर उसके भीतर से कामुकता टपक रही है। उद्दाम वासना झलक रही है। उसमें नारी-सुलभ लज्जा और संकोच का घोर अभाव है। उसके चेहरे से एक भयानक कुटिलता और वेश्यापन टपक रहा है। लज्जा नारी का सबसे बड़ा आभूषण कहा गया है। जब नारी के रूप पर से लज्जा का परदा हट जाता है, तो फिर उसका रूप विकृत हो जाता है। उसका रूप उसके पतन का कारण बन जाता है। लज्जाविहीन नारी कुलटा बन जाती है। शूर्पणखा के बहाने कवि ने शायद यह संदेश दिया है कि शूर्पणखा जैसी नारी अपने नाक-कान तो कटवाती ही है, साथ ही कुल, खानदान, परिवार सबका सत्यानाश भी कर डालती है।

जो भी हो, शूर्पणखा में आकर्षण तो है, भरपूर यौवन भी है, लेकिन उसे पता नहीं कि जब यौवन शील-संकोच की चौखट लाँघ जाता है, तो वह महाविनाश का कारण बन जाता है। तभी तो पहली ही नजर में शूर्पणखा लक्ष्मण को सशंकित कर देती है। 'प्रदक्षिणा' की शूर्पणखा एक रूपगर्भिता नारी है। उसके रूप में अग्नि की दाहकता है, जो किसी को भी जलाकर राख बना सकती है। किसी के भी अस्तित्व और व्यक्तित्व को पल भर में नष्ट कर सकती है। दूसरी ओर श्रृंगार-रहित सीता का रूप है, जिसकी शीतलता में कोई भी अद्‍भुत शांति का अनुभव कर सकता है। शूर्पणखा के रूप में यदि अग्नि की दाहकता है, तो सीता के रूप में चंदन की शीतलता है।

शूर्पणखा का रूप महासागर में उठनेवाली उन भयानक लहरों की तरह है, जो किसी को भी डुबो सकती है। दूसरी ओर सीता का रूप शांत सरोवर में उठने वाली उन कोमल लहरियों की तरह है, जो अपने सहज सौंदर्य से किसी को भी अपनी ओर खींच लेती है।

'प्रदक्षिणा' की शूर्पणखा एक रूपगर्भिता नारी ही नहीं है, वरन् वह वासना में अंधी, बहरी बनी नारी भी है। उसकी आँखों में अतृप्त वासना छलकती है। उसकी हर अदा से कामुकता टपकती है। रूप जब वासना में सन जाता है, तब उसका वही हश्र होता है, जो शूर्पणखा का हुआ। वासना के दलदल में एक बार जो धँसा वह धँसता ही चला जाता है और एक दिन उसका अस्तित्व ही विलीन हो जाता है।

शूर्पणखा लक्ष्मण को इसी वासना का शिकार बनाना चाहती है। इसके लिए वह लक्ष्मण से अनुनय-विनय करती है। उसके सामने प्रलोभनों के पहाड़ खड़े कर देती है। इस अर्थ में वासना के पाँचों रूप—रूप, रस, गंध, स्पर्श, और शब्द शूर्पणखा में मौजूद हैं। लेकिन लक्ष्मण के चट्टानी चरित्र पर शूर्पणखा के सारे दाँव टकराकर लौट जाते हैं।

'प्रदक्षिणा' की शूर्पणखा मुग्धा और प्रगल्भ नायिका है। उसमें तर्क करने की अद्भुत क्षमता है। भले ही उसके तर्क-कुतर्क ही क्यों न हों। पर अपने भावों को व्यक्त करने में वह पूर्ण सक्षम है। उसके तर्क के सामने लक्ष्मण भी निरुत्तर हो जाते हैं। अपने तर्कों से वह सिद्ध करना चाहती है कि नर और नारी का एक-दूसरे के प्रति आकर्षण एक स्वाभाविक सत्य है, एक मनोवैज्ञानिक तथ्य है। प्रकृति का एक शाश्वत नियम है। वह कहती है—

कह सकते हो तुम कि चंद्र का कौन दोष जो ठगा चकोर?
किंतु कलाधर ने डाला है किरण-जाल क्यों उसकी ओर?

वह पुन: कहती है—

चले प्रभात बात फिर भी क्या,
खिले न कोमल कमल कली।

शूर्पणखा का यह सारा तर्क-कुतर्क उसके स्वार्थ की सिद्धि के लिए है। वह किसी भी तरह अपनी अतृप्त वासना की तृप्ति चाहती है। तभी तो लक्ष्मण उसे सावधान करता हुआ कहता है—

शांति नहीं देगी तुमको यह
मृगतृष्णा करती है भ्रमित

वह पुनः कहता है—

झाँकन झंझा के झोंकों में,
झुककर खुले झरोखों से।

संक्षेप में, शूर्पणखा का जीवन भोगवाद से जुड़ा है। वह भोगवाद को ही जीवन का लक्ष्य मानती है। 'Eat Drink And be Merry' का सिद्धांत उस पर पूर्ण रूप से लागू होता है।

शूर्पणखा नारी के प्रेम का परिचय देती हुई कहती है—

"अपना ही कुल-शील प्रेम में पड़कर नहीं देखतीं है हम।" कुछ पल के लिए शूर्पणखा का यह कथन भले ही सत्य हो, लेकिन दूसरे ही पल उसका झूठ पकड़ा जाता है, जब वह लक्ष्मण से निराश होकर राम की ओर मुड़ती है और उनके रूप पर लट्टू हो जाती है।

शूर्पणखा को अपने बल-वैभव पर भी गर्व है। वह भौतिक और रासायनिक—दोनों समृद्धियों से संपन्न है। वह लक्ष्मण से कहती भी है—'मुझमें वह सामर्थ्य है कि तुम जो चाहो, सो पाओ' किसी दार्शनिक ने शायद ऐसी ही औरतों के लिए लिखा है—'Woman is Second Mistake of God.'

अंत में, शूर्पणखा एक चतुर, व्यवहारकुशल, वाक्पटु नारी है। पुरुष-जाति पर आक्षेप करती हुई कहती है कि शास्त्रों में पुरुष ने अपने अनुसार सारी सुविधा प्राप्त कर ली है। वहाँ नारी की भावना की कोई कद्र नहीं की गई है। लगता है कि यहाँ शूर्पणखा के बहाने कवि ने नारी-जाति के प्रति अपनी संवेदना व्यक्त की है।

□

प्रदक्षिणा में राम-भरत मिलाप

गुप्तजी के शब्दों में—

मातृ तथा पितृहीन भवन में
आकर भरत न रह पाए।
अग्रज के अनुवर्ती बनकर,
चित्रकूट दौड़े आए।

भरत ननिहाल से लौटते हैं तो अयोध्या में प्रवेश करते ही चारों ओर सन्नाटा व्याप्त पाते हैं। अयोध्या की सूनी सड़कें, भाँय-भाँय करती गलियाँ किसी अमंगल की सूचना दे रही थीं। अज्ञात भय की आशंका से भरत काँप गए। तेजी से धड़कता हृदय लेकर वे महल में प्रवेश करते हैं। वहाँ का दृश्य देखकर उनके होश उड़ जाते हैं, पैरों तले की जमीन खिसक जाती है। कुछ समय के लिए वे अवाक्, हतप्रभ बने रहते हैं। अयोध्या का सिंहासन उन्हें काटने दौड़ रहा था। चारों ओर से उन पर भेद भरी दृष्टि बरस रही थी। भरत ग्लानि के सागर में डूब-उतरा रहे थे। पर उनके लिए अग्नि-परीक्षा का समय था और इस परीक्षा में भरत सफल हो गए।

इस विषम परिस्थिति में भरत ने मर्यादा का त्याग नहीं किया। लक्ष्मण की तरह क्रोधित होकर माता-पिता को भला-बुरा नहीं कहा। अपने दुर्भाग्य पर ही संतोष कर लिया। दूसरे ही पल भरत ने अपना कर्तव्य भी निश्चित कर लिया और परिजनों के साथ राम को मनाने चित्रकूट की ओर दौड़ पड़े। अयोध्या की प्रजा भी उनके साथ थी।

'रामचरितमानस' में तुलसी ने भी इस प्रसंग का बड़ा ही मार्मिक वर्णन किया है। राम जिन-जिन रास्ते होकर वन गए, भरत उन रास्तों की धूलि अपने सिर पर धारण करते चलते हैं। प्रेम, भक्ति और ग्लानि का जो सुंदर संयोग भरत के चरित्र में दिखता है, वह अन्यत्र दुर्लभ है। लक्ष्मण ने दूर से ही भरत को दल-बल के साथ आते देखा, तो थोड़ा विचलित हो उठे। उनके हृदय में शंका और संदेह के बीज अंकुरित हो उठे। दूसरे ही पल वे भरत का प्रतिकार करने के लिए सावधान हो जाते हैं। लेकिन जब भरत ने आते ही राम के पैर पकड़ लिये और लक्ष्मण को अंक में जकड़ लिये तो लक्ष्मण का सारा संदेह काफूर हो गया।

कवि के ही शब्दों में—

किंतु भरत ने आकर सहसा
जब प्रभु के पद पकड़ लिये।
और अंक में भर लक्ष्मण को,
अंग प्रेम से जकड़ लिये।

फिर तो चित्रकूट की उस पावन धरती पर प्रेम और करुणा का ऐसा समा बँधा कि दिशाएँ भी खामोश होकर बस देखती रहीं। रामचंद्र शुक्ल ने लिखा है—चित्रकूट में राम और भरत का मिलन प्रेम व प्रेम का, कर्तव्य और कर्तव्य का, शील व शील का मिलन है। दुःख, क्षोभ और ग्लानि से भरत इतने संतप्त हैं कि उनके मुँह से वाणी भी नहीं निकल पा रही है। हृदय में भावनाओं की आँधी बह रही है और शब्द उस आँधी में सूखे पत्ते की तरह उड़ रहे हैं। वे कातर वाणी में राम से कहते हैं कि जननी ने उन्हें अपयश से मारने को ही जन्म दिया है।

मुझे मारने को अपयश से
जननी ने है जन्म दिया।

भरत की दीन-हीन और कातर वाणी को सुनकर सारी सभा विचलित हो उठती है। राम और भरत दोनों के हृदय में प्रेम का ज्वार भीषण वेग से

उठ रहा है। फिर तो दोनों के पलकों ने कपाट खोल दिए हैं और आँसुओं का सागर घहरा उठता है। दोनों की आँखों से अविरल अश्रुधारा बह निकती है। इन आँसुओं से चित्रकूट की धरती धुलकर पावन बन जाती है। इस अश्रु-प्रवाह में भरत के भी सारे कलंक धुल जाते हैं। भरत के प्रेम और भक्ति को देखकर लक्ष्मण अभिभूत हो जाते हैं। उन्हें कहना पड़ता है—

पुरुषों में पितृपक्ष प्रबल है,
मातृपक्ष कैसा भी हो।

राम भरत को समझाते हुए कहते हैं कि उन्हें इस प्रकार धैर्य नहीं खोना चाहिए। जो कुछ हुआ है, वह विधि का विधान है। भरत को अपने को दोषी नहीं मानना चाहिए। इस तरह विलाप करना भरत जैसे व्यक्ति को शोभा नहीं देता। राम कहते हैं, 'मनुष्य का जीवन एक रण-क्षेत्र है' जहाँ उसे कदम-कदम पर नाना बाधाओं, विपत्तियों से जूझना पड़ता है। वीर पुरुष इन बाधाओं के आगे घुटने नहीं टेकता, बल्कि पूरी शक्ति के साथ उसका मुकाबला करता है। मनुष्य के जीवन में सुख-दुःख की आँख-मिचौली चलती रहती है। कभी सुख की सिरहन उसे गुदगुदा जाती है, तो कभी दुःख के थपेड़े उसे रुला जाते हैं।

आदमी को हर परिस्थिति में समभाव रहना चाहिए। यही गुण जीवन को सार्थकता की ओर ले जाता है। भरत सामान्य पुरुष नहीं, जो दुःख उसे रुला दे। वह महामानव है। स्थितप्रज्ञ है। उसे इस प्रकार विचलित नहीं होना चाहिए।

इस प्रकार राम भरत की ग्लानि को अपने मधुर वचनों से दूर करने का प्रयास करते हैं। राम आगे कहते हैं कि "वे तो स्वयं वन आना चाहते थे। इसमें किसी का कोई दोष नहीं है। वन में आज वे पूर्ण रूप से सुखी और संतुष्ट हैं। भरत को उनकी चिंता नहीं करनी चाहिए।"

लेकिन भरत को राम की सांत्वना से संतुष्टि नहीं मिलती है। वे अपनी पुकार पर डटे रहते हैं। भरत कहते हैं, "सुना है, भक्त के लिए

भगवान् अपना नियम भी तोड़ देते हैं, पर भरत अपनी भक्ति कैसे दिखाए? अपनी भक्ति का क्या प्रमाण दे? यदि वह अपने प्रभु की आज्ञा का पालन करता है तो उसे खाली हाथ अयोध्या लौटना पड़ेगा और आज्ञा नहीं मानने वाला फिर अपने को भक्त कैसे कह सकता है?" भरत की इन पंक्तियों में उसकी जो विवशता है, वह कोई सहृदय व्यक्ति ही समझ सकता है—

सुना भक्त के लिए स्वयं निज
नियम नहीं रखते भगवान्।
पर मैं कैसे भक्ति दिखाऊँ
अपने प्रभु की आज्ञा मान।

संक्षेप में, राम-भरत मिलाप में जो दोनों का करुण विलाप है, उसे सुनकर करुणा को भी रुलाई आ सकती है।

राम भरत को उनके दायित्वों की याद दिलाते हैं। भरत पर आज कितने ही दायित्व आ पड़े हैं, जिनका सफलतापूर्वक उसे निर्वाह करना है। उसे माताओं को ढाढ़स बँधाना है। अयोध्या के सूने सिंहासन को सँभालना है। प्रजा का पालन करना है। भरत को आज अपने सुख-दुःख की चिंता छोड़ अयोध्या की प्रजा के दुःख दूर करने हैं। राम कहते हैं—

भूल मुझे भी अपने को भी,
देखो तात प्रजा की ओर।

यही वह दायित्व है, जो भरत को लाचार बना देता है। राम भरत को संतुष्ट करते हुए कहते हैं—

साधु भरत का अग्रज हूँ मैं, यही राम का परिचय हो,
इससे अधिक लोक-जीवन में, भरत तुम्हारी क्या जय हो।

यह भरत के यश और कीर्ति की पराकाष्ठा है। लक्ष्मण को कहना पड़ता है—

ईर्ष्या होती मुझे अगर
इतना गौरव पाता अन्य।

इस पर भरत अपने आँसुओं से अपना सारा कलंक धो डालते हैं। कल तक अयोध्या की जो प्रजा भरत को शंका और संदेह की दृष्टि से देखती थी, आज उसी प्रजा की नजर में भरत महान् बन गए हैं।

अंत में राम भरत को बार-बार गले लगाकर उनकी सारी ग्लानि हर लेते हैं। सारी प्रजा भी आनंदविभोर हो जाती है। राम के इन शब्दों में भरत की महानता प्रकट हो जाती है—

भाई रे तूने भाई के लिए
नहीं कुछ भी छोड़ा।

राम अपनी माताओं, परिजनों, अयोध्यावासियों से भी मिलते हैं। अपने मृदु वचनों से सबका क्लेश हर लेते हैं। कैकेयी से भी राम बड़े प्रेम-भाव से मिलते हैं। उनका यह व्यवहार भरी सभा में नया उत्साह भर देता है। भरत राम की पादुका लेकर अयोध्या लौट आते हैं और उसे सिंहासन पर रखकर, राज्य को राम की धरोहर समझकर चौदह वर्षों तक वनवासी के वेश में प्रजा का पालन करते हैं। प्रजा भरत में ही अपने राम को देखने लगती है।

□

प्रदक्षिणा में धनुष यज्ञ

सीता का बचपन जनकपुर की गलियों में खेल-कूदकर बीत गया। यौवनावस्था की छाया उस पर पड़ने लगी। जनक को उसके ब्याह की चिंता सताने लगी, लेकिन प्रश्न था कि सीता जैसी कन्या के लिए योग्य वर की तलाश कहाँ की जाए? यह चिंता जनक को चैन लेने नहीं दे रही थी। तभी एक दिन एक घटना घटी। सीता उनके पूजा-स्थान को धो रही थी। वहाँ शिव का विशाल धनुष रखा था। जनक ने देखा कि सीता ने वह धनुष बाएँ हाथ से ही उठाकर दूसरी जगह रख दिया। जनक सिर से पैर तक आश्चर्य और विस्मय में डूब गए, लेकिन जनक ने उसी क्षण निश्चय कर लिया कि सीता का पति वही होगा, जो इस धनुष को तोड़ेगा।

जनक ने दरबार में अपने निश्चय की घोषणा की। फिर इस घोषणा की खबर दूर-दूर तक फैलती चली गई। स्वयंवर का आयोजन हुआ। देश-देश के राजा-महाराजाओं का जनकपुर आने का ताँताँ लग गया और लगता भी क्यों नहीं, भला सीता जैसी रूपवती एवं गुणवती पत्नी पाना कौन नहीं चाहता! फिर अपनी शूरता और वीरता दिखाने का यह सुनहरा मौका कौन चूकता! जनकपुर शूरवीरों, राजा, महाराजाओं से पट गया। स्वयंवर में सीता को आशीर्वाद देने के लिए जनक ने विश्वामित्र मुनि को भी आमंत्रित किया था।

विश्वामित्र का यज्ञ राम-लक्ष्मण के संरक्षण में निर्विघ्न समाप्त हो चुका था। फलतः राम-लक्ष्मण के साथ विश्वामित्र जनकपुर की ओर

प्रस्थान कर गए। रास्ते में नए-नए दृश्य निहारते, अहल्या का उद्धार करते तीनों जनकपुर जा पहुँचे। राम-लक्ष्मण जनकपुर की शोभा देखकर अभिभूत हो गए। 'मानस' में तुलसी ने भी जनकपुर की शोभा का बड़ा ही सजीव चित्र खींचा है—

बनई न बरनत नगर निकाई, जहाँ जाई मन तहँहिं लोभाई।
चारु बाजारू विचित्र अंबारी मनिमय विधि जनु स्वकर सँवारी।

निश्चित तिथि को स्वंयवर का कार्य आरंभ हुआ। सभा में जहाँ तक दृष्टि जा रही थी, विभिन्न वेशभूषा में सजे भूप-ही-भूप नजर आ रहे थे। बीच में उन राजाओं के कुटिल भाग्य-सा वह धनुष रखा था। सबकी दृष्टि उस धनुष पर ही टिकी थी। मन में कई भाव आ-जा रहे थे। कोई धनुष की जीर्ण-शीर्णता पर हँस रहा था। कोई अपनी मूँछों पर ताव फेर रहा था, तो कोई अपनी भुजाओं की ओर देख रहा था। तभी जनक ने अपनी प्रतिज्ञा दोहराई। एक पल के लिए सभा में सन्नाटा छा गया, लेकिन दूसरे ही पल शूरवीरों का दल धनुष की ओर लपक पड़ा। लेकिन तोड़ने को कौन कहे, किसी से धनुष हिला तक नहीं। शूरवीर दौड़कर धनुष तक जाते हैं, अपनी भुजाओं का जोर आजमाते हैं और पसीना-पसीना हो जाते हैं। अंत में हार-थककर बगलें झाँकते लौट आते हैं। 'मानस' में तुलसी ने भी इस प्रसंग का बड़ा सजीव खाका खींचा है।

भूप सहस दस एकहि बारा, लगे उठावन टरहि न टारा।
डगई संभु सरासनु कैसे कामी बचन सती मनु जैसे।

'प्रदक्षिणा' में गुप्तजी ने भी इसे सजीव बनाने का प्रयास किया है—

तकता लक्ष्य ललकता है वह
फिर-फिर थकता-छकता है।

'प्रदक्षिणा' में मैथिलीशरण गुप्त ने धनुष नहीं टूटने का आध्यात्मिक कारण बताया है। उन्होंने यहाँ सीता को दैवीय रूप में देखा है। उनकी दृष्टि में सीता कोई सामान्य नारी नहीं थी। वह परम

ब्रह्म परमेश्वर और जगत् पिता की शक्ति थी। अतः राजाओं को जहाँ सीता के प्रति भक्ति होनी चाहिए थी, वहाँ उन्हें आसक्ति थी, अनुरक्ति थी। यही कारण था कि किसी से धनुष टस-से-मस नहीं हुआ। कवि के ही शब्दों में—

प्रभु अवतरित अयोध्या में थे
जनकपुरी में उनकी शक्ति,
जहाँ भक्ति होती भूपों की
हुई वहाँ उलटी आसक्ति।

राजाओं का मानमर्दित हो गया। सभी खिसियाए-से अपने-अपने आसन पर बैठ गए। उन्हें इस आयोजन में जनक की कोई चाल नजर आ रही थी, लेकिन जनक गहरी निराशा और विषाद में डूब गए। क्या सीता कुँआरी ही रह जाएगी? तभी दुःख और क्षोभ से भरी जनक की वाणी सभा के सन्नाटे को चीरती हुई गूँज गई—

रहे कुमारी ही वैदेही, लौट जाएँ सब पृथ्वीपाल।
जान लिया मैंने जगती में, नहीं कहीं माई का लाल।

अब तक लक्ष्मण कौतूहल से भरकर धनुष यज्ञ का आनंद ले रहे थे। जनक की बात समाप्त होते ही उनकी भुजा भीषण भुजंग की तरह फड़कने लगी। क्रोध से उनके नथुने फूल गए। भरी सभा में वे सिंह की तरह दहाड़ उठे—

क्या कहते हैं ये मिथिलेश्वर
आर्य इसे सुनते हैं आप!
मैं सुन सकता नहीं तनिक भी
क्या है यह चूर्णित-सा चाप।

उनके अनुसार, जहाँ सूर्यवंशी बैठे हों, वहाँ जनक का ऐसा कहना सूर्यवंशियों का अपमान करना है। लक्ष्मण ने दहाड़ते हुए कहा कि ऐसे कितने ही धनुष उन्होंने खेल-खेल में तोड़ डाले हैं। फिर इस जीर्ण-शीर्ण

धनुष की क्या बिसात! 'मानस' में भी लक्ष्मण इसी प्रकार ललकार उठे थे—

जौं तुम्हारि अनुशासन पावों, कंदुक इव ब्रह्मांड उठावों।

'प्रदक्षिणा' का लक्ष्मण भी यही कहता है, लेकिन अफसोस यह है कि उसने पहले ही जानकी को अपनी आर्या मान लिया है। अतः वह राम को धनुष तोड़ने के लिए ललकारता है। लक्ष्मण की सिंह-गर्जना को सुनकर सभी शूरवीर सन्नाटे में आ जाते हैं। आश्चर्य, विस्मय और अविश्वास में डूबी सैकड़ों निगाहें लक्ष्मण पर आ टिकती हैं। जनक के निराश मन में आशा के अंकुर फूट पड़ते हैं। झरोखे पर बैठी सीता हर्षित होती है। वह अपने कुल-देवता से मन-ही-मन प्रार्थना करती है कि राम को शक्ति प्रदान करें।

अंत में राम गुरु की आज्ञा पाकर उठते हैं। मंद गति से चलकर धनुष तक पहुँचते हैं और पलक झपकते ही धनुष उठा लेते हैं। सारी सभा मंत्रमुग्ध होकर देखती रह जाती है और धनुष टूटकर टुकड़ों में बिखर जाता है। चारों ओर खुशी की लहर दौड़ जाती है। जनक की खुशी का ठिकाना नहीं रहता। सीता राम के गले में वरमाला डालने को उतावली हो जाती है।

तभी सभा में अचानक परशुराम का प्रवेश होता है। उनके आते ही खुशी का माहौल भय और दहशत में बदल जाता है। परशुराम की लाल आँखें, क्रोध से फड़कती भुजाएँ, हाथ में फरसा—यह सब मिलाकर उनकी भयंकरता बढ़ा देती हैं। शिव का धनुष टूटा देखकर उनका क्रोध सातवें आसमान पर जा पहुँचता है। एक स्थान पर लेखक योगेंद्र प्रसाद ने भी इस दृश्य का वर्णन इन शब्दों में किया है—

जनक रे बोल कौन वह लाल,
बुलाया जिसने अपना काल।
अन्यथा धरा ध्वस्त कर आज,
न छोड़ूँगा कोई महिपाल।

'प्रदक्षिणा' में भी परशुराम चिल्लाकर धनुष तोड़ने वाले का नाम पूछते हैं। जनक सहम जाते हैं। सीता किसी विपत्ति की आशंका से काँप जाती है, लेकिन ईर्ष्यालु राजाओं की बन आती है।

परशुराम प्रतिपल अग्नि शमा बनते जा रहे थे। लक्ष्मण से रहा नहीं गया। लक्ष्मण परशुराम की चिल्लाहट को अपने विनोद का साधन बना लेते हैं। उनका विनोद परशुराम के क्रोध की आग में घी का काम करता है। उनका फरसा हवा में लहराने लगता है। दोनों के बीच की कहासुनी भीषण रूप ले लेती है। अंत में, राम लक्ष्मण को चुप कराते परशुराम के हाथ से धनुष लेकर कहते हैं—

मुनिवर, इसका गुण अमोघ है,
ज्ञात तुम्हें भी तो है।

परशुराम की शंका दूर हो जाती है। एक बार पुनः सभा में आनंद का माहौल आ खड़ा होता है। सीता राम के गले में वरमाला डाल देती है। इस प्रकार 'अंत भला तो सब भला, बीच में बिगड़ा, सो सब ठीक हुआ।'

सच पूछा जाए तो धनुष यज्ञ का सारा सौंदर्य लक्ष्मण-परशुराम संवाद में निहित है। 'प्रदक्षिणा' में यह संवाद संक्षिप्त है। फिर भी 'मानस' से इसमें नयापन है।

□

प्रदक्षिणा में प्रकृति वर्णन

साहित्य में प्रकृति-वर्णन की परंपरा अत्यंत प्राचीन है। अनादिकाल से प्रकृति नाना रूपों में हमें अपनी ओर आकृष्ट करती आई है। कहीं यह उपदेश देती है, कही संदेश सुनाती है। कहीं-कहीं हमारे मन-प्राणों को अनुप्राणित करती है, तो कहीं अपने रूप-लावण्य से हमें रिझाती भी है। सच तो यह है कि आरंभ से ही मानव का प्रकृति के साथ तादात्म्य रहा है। साथ ही दोनों एक-दूसरे के साथ रागात्मक नाते से भी जुड़े रहे हैं। प्रकृति की हरीतिमा, कमनीयता, कोमलता और लावण्यता पर मानव सदा से मुग्ध होता आया है।

विद्वानों ने प्रकृति के दो रूप बताए हैं—मानव-प्रकृति और मानवेतर प्रकृति। मानव-प्रकृति के अंतर्गत अंतरंग और बहिरंग प्रकृति आती है। मानवेतर प्रकृति के अंतर्गत नैसर्गिक और कृत्रिम प्रकृति आती है। पूर्व के काव्यों में कवियों ने मानवेतर प्रकृति की उपेक्षा की है तो आधुनिक काल के कवियों ने इसी कमी की पूर्ति का प्रयास किया है।

मैथिलीशरण गुप्त पंत की तरह प्रकृति के कवि नहीं कहे गए हैं। फिर भी जहाँ कहीं उन्हें अवसर मिला है, वहीं गागर में सागर भर दिया है। उनके काव्यों में प्रकृति का सौंदर्य अँगूठी में जड़े नगीने की तरह है। डॉ. सत्येंद्र के अनुसार, गुप्तजी अंग्रेजी कवि वड्र्सवर्थ की तरह प्रकृति के कवि नहीं हैं। प्रकृति ने उनको कलम पकड़कर नहीं लिखवाया है, लेकिन वे प्रकृति और मनुष्य—दोनों के प्रतिनिधि कवि हैं। एक सहृदय कवि

की तरह उन्होंने प्रकृति और मनुष्य में सामंजस्य स्थापित किया है। यह उनकी कलम की विशेषता है कि उन्होंने प्रकृति के कोमल आधारों का ही संकलन किया है। उनकी प्रकृति कोमल हृदयवाली धाय की तरह है, जो मनुष्य को जीवन की प्रेरणा, स्फूर्ति और नवीन उमंग देती है। लेकिन उसे उपदेश देने, उस पर शासन करने में असमर्थ है। संक्षेप में, गुप्तजी की प्रकृति में कोमलता, उदारता की प्रधानता है।

राम लक्ष्मण और सीता के साथ पंचवटी में पर्णकुटी बनाकर निवास कर रहे हैं। 'प्रदक्षिणा' में इसी पंचवटी की प्रकृति के सौंदर्य का वर्णन है। पंचवटी स्वयं प्रकृति की गोद में बसी है। पंचवटी की सुरम्य स्थली सदा से अपनी प्राकृतिक छटा के लिए प्रसिद्ध रही है। लगता है, पंचवटी की प्रकृति के सौंदर्य से प्रभावित होकर ही राम ने यहाँ अपनी पर्णकुटी बनाई है।

'प्रदक्षिणा' में पंचवटी की प्रकृति का सौंदर्य अलौकिक है। रंग-बिरंगे वृक्षों से, नाना पुष्प-लताओं से सारा वन-प्रांत सुरभित और सुवासित है। दूर-दूर तक हरियाली का वितान तना है। हरी-भरी दूबों का गलीचा बिछा है। वहाँ हँसते फूल, तो कहीं गाते झरने बरबस किसी का भी मन मोह लेते हैं। हरी-भरी झाड़ियाँ, रंगों भरी क्यारियाँ बड़ी प्यारी लगती हैं। तभी तो लक्ष्मण का वियोगी मन भी प्रकृति के श्रृंगार में खो जाता है और वह कवि बन जाता है।

पूनम की रात में पंचवटी की प्रकृति का रूप और भी निखर उठता है। रात का तीसरा पहर बीत रहा है। हर तरफ अजीब सन्नाटा व्याप्त है। संपूर्ण वन-प्रांत में एक अलौकिक शांति विराज रही है। दिशाएँ खामोश हैं। धरती स्तब्ध है। आकाश भी चुप-चुप है। लगता है, हर कोई पंचवटी की प्रकृति के सौंदर्य को अपलक निहार रहा हो। ऊपर नीलाभ गगन में मगन चाँद-तारों की बारात लिये दूल्हे की तरह सजा-सँवरा मुस्करा रहा है। उसकी मुस्कान चाँदनी बनकर धरती पर बरस रही है। उस शीतल

और स्निग्ध चाँदनी रस में भीगकर सारे पेड़-पौधे मदहोशी के आलम में भीगकर मानो बेहोश-से खड़े हैं। बीच-बीच में मंद पवन के झोंकों पर झूमती पुष्प-लताएँ, मानो अपनी पुलक प्रकट कर रही हों। दूर-दूर तक अमल धवल चाँदनी का साम्राज्य फैला है। लगता है, किसी ने अवनि से अंबर तक चाँदनी का चँदवा तान दिया हो। सारा आलम सरसता के रस में सना है, हर दिशा स्वच्छ दर्पण की तरह दमक रही है। संक्षेप में कहें तो पंचवटी की प्रकृति का सौंदर्य अनुभूति की वस्तु है, अभिव्यक्ति की नहीं।

यह पंचवटी की प्रकृति का सौंदर्य ही है, जिसने कठोर चरित्र वाले लक्ष्मण के चित्त को भी चंचल बना दिया है। बच्चन ने लिखा है—

जब चाँद उदित होता नभ में,
कुछ ताप मिटाता जीवन का।

लेकिन लक्ष्मण का ताप तो और बढ़ ही जाता है। पूनम के चाँद में लक्ष्मण को अपनी प्रियतमा उर्मिला के मुख का प्रतिबिंब दिखाई देता है और तब उसका मन बेलगाम घोड़े की तरह सरपट चाल से दौड़ता हुआ उर्मिला के पास जा पहुँचता है। लगता है, यहाँ कवि ने प्रकृति को उद्दीपन के रूप में प्रस्तुत किया है, जो लक्ष्मण के वियोगी मन को आंदोलित कर देती है।

वन में प्रकृति खुलकर अपना सौंदर्य प्रकट करती है। जो सुख और आनंद शहरी जीवन के कोलाहलमय वातावरण में दुर्लभ है, वह वन में यत्र-तत्र सर्वत्र बिछा हुआ मिल जाता है। पंचवटी की प्रकृति का संगीत और नृत्य वातावरण की अपनी विलक्षणताओं के लिए विशेष महत्त्वपूर्ण है। तभी तो लक्ष्मण सोचता है कि काश! वह अपने परिजनों को यहाँ बुलाकर उन्हें इस नैसर्गिक सौंदर्य के दर्शन करा सकता।

'प्रदक्षिणा' की कथा जहाँ वातावरण-प्रधान है, वहीं प्रकृति-प्रधान भी है। इस काव्य के वातावरण, भाव, चरित्र—सबमें प्रकृति अपना प्रभाव डालती है। यदि काव्य से इस प्रकृति को हटा दें तो काव्य का सारा सौंदर्य

फीका पड़ जाएगा। जो भी हो, प्रकृति के रूप में लक्ष्मण का मन इतना भावविभोर हो जाता है कि वह जिधर देखता है, सौंदर्य के ना ना दृश्य उपस्थित होने लगते हैं। कहीं कलियों की मुस्कान है, तो कहीं भौंरों का कलगान है। कहीं चिड़ियों की तान है, तो कहीं रंग-बिरंगी तितलियों की उड़ान है। सांध्य गगन में तारों की झिलमिलाहट, तो धरती पर झाड़ियों में जुगनुओं की जगमगाहट भी। मंद पवन के झोंकों पर तैरती वन-फूलों की खुशबू वातावरण को सुवासित बना रही है। पंचवटी की प्रकृति जहाँ लक्ष्मण को कवि बनाती है, वहीं दार्शनिक भी बना डालती है। लक्ष्मण रात के एकांत में बैठा सोचता है कि इस सौंदर्य के पीछे कोई सूत्रधार बैठा है, जो बिना रुके सौंदर्य के एक-से-एक चित्र बनाता ही रहता है। उसकी गति में कोई व्यवधान नहीं आता, लेकिन उसके कार्य कभी-कभी मनुष्य की सोच के विपरीत होते हैं। यहाँ कवि ने लक्ष्मण के बहाने 'Man proposes, God disposes.' के सिद्धांत का प्रतिपादन किया है। कवि के ही शब्दों में—

बंद नहीं अब भी चलते हैं,
नियति-नटी के कार्यकलाप।
पर कितने एकांत भाव से,
कितने शांत और चुपचाप।

'प्रदक्षिणा' में गुप्तजी ने प्रकृति का चित्रण मनुष्य की आत्मीयता के रूप में भी किया है।

है बिखेर देती वसुंधरा मोती सबके सोने पर,
रवि बटोर लेता है, उनको सदा सवेरा होने पर।

प्रकृति जहाँ हमारे साथ होती है, हँसती है, वहीं हमारी भूलों पर कठोर दंड भी देती है।

संक्षेप में कहें तो 'प्रदक्षिणा' की प्रकृति में सौंदर्य का वर्णन है, वहीं कवि ने प्रकृति का मानवीकरण भी किया है। उसे रहस्यात्मक और

दार्शनिक रूपों में भी देखा है। वहीं उसके शाश्वत सत्य का भी उद्‌घाटन किया है। मनुष्य के साथ उसका तादात्म्य भी स्थापित किया है। उसके साथ रागात्मक नाता भी जोड़ा है। अंत में 'प्रदक्षिणा' की प्रकृति एक सतोगुण की संन्यासिनी नारी की तरह हमारे समक्ष आई है, जिसमें नागर भ्रू-विलास कातो अभाव है, पर सौंदर्य की सहज और स्थिर ज्योति विद्यमान है।

□

प्रदक्षिणा में सीता-हरण

वन आने पर राम ने अपना पहला पड़ाव चित्रकूट में डाला। यहाँ राम-भरत का मिलन हुआ। लेकिन राम वन में विश्राम करने नहीं आए थे। वन आने का उनका उद्‌देश्य था राक्षसों का संहार कर ऋषि-मुनियों के यज्ञ आदि की रक्षा करना, उन्हें सुरक्षा प्रदान करना। अत: भरत को विदा कर राम भी चित्रकूट से विदा होकर पंचवटी आ पहुँचे। इसी पंचवटी की सुरम्य प्रकृति के बीच उन्होंने अपनी पर्णकुटी बनाई और वहीं रम गए। इसी पंचवटी में सीता-हरण की घटना घटी।

वन में राक्षसों का समूह नाना रूप धारण कर विचरण करते ही रहते थे। एक दिन रावण की बहन शूर्पणखा घूमती-फिरती अचानक पंचवटी की ओर आ निकली। उसने राम-लक्ष्मण दो सुकुमार पुरुषों को देखा। उनके शरीर के हर अंग से सौंदर्य की कांति फूट रही थी। वहीं शूर्पणखा ने एक कोमलांगी नारी को भी देखा, जिसके रूप-लावण्य के सामने रति भी फीकी थी। उसे देखकर शूर्पणखा की राक्षसी प्रकृति ने जोर मारना शुरू कर दिया। उसके भीतर का पाप बाहर निकल आया। उसने सीता को समाप्त कर दोनों पुरुषों पर अधिकार जमाने की सोची। मायाविनी तो वह थी ही, अत: पल भर में एक अपूर्व सुंदर नारी का रूप धारण कर लक्ष्मण पर डोरे डालने लगी। सारी रात उसने लक्ष्मण को कितने प्रलोभन दिए, आकर्षण दिखाए। अपने वश में करने के अथक प्रयास किए, लेकिन उसकी दाल नहीं गली। अंत में वह लक्ष्मण से

निराश होकर राम की ओर मुड़ी। इस प्रकार सारी रात वह अपने त्रिया चरित्र का प्रदर्शन करती रही।

राक्षसों से भरे उस जंगल में इतनी सुंदर स्त्री का अचानक आगमन और वह भी अकेली, कई शंकाएँ पैदा कर रहा था। अब तक राम सावधान हो चुके थे। शूर्पणखा का सारा राज उनके सामने खुल चुका था। राम को विनोद सूझा। उन्होंने शूर्पणखा को पुनः लक्ष्मण के पास भेज दिया। लक्ष्मण तो स्वभाव से ही विनोदी ठहरे। इस प्रकार सारी रात शूर्पणखा विनोद का साधन बनी रही। अंत में उसके भीतर की राक्षसी बाहर प्रकट हो गई। पल भर में ही वह राक्षसी बनकर सीता पर प्रहार करने दौड़ी। लक्ष्मण को विनोद सूझा और उसने शूर्पणखा के नाक-कान काट डाले। नाक-कान विहीन उसका रूप और भयानक हो गया।

सीता को खाने आई थी,
गई कटाकर नासा-कर्ण।

नाक-कानविहीन शूर्पणखा का रूप और बीभत्स हो उठा। वह चिल्लाती-बिलबिलाती खर-दूषण के पास पहुँची। उन्हें बदला लेने को उकसाया। लेकिन राम ने सेना सहित खर-दूषण का अकेले ही संहार कर दिया। अब शूर्पणखा रावण के पास पहुँची और रो-रोकर अपना दुःखड़ा सुनाया। उसी के शब्दों में—

देखो, दो तापस मनुजों ने कैसी गति की है मेरी।
उनके साथ एक रमणी है, रति भी हो जिसकी चेरी।

अपनी प्यारी बहन की दुर्दशा देखकर रावण भीषण प्रतिशोध की ज्वाला में जल उठा। लेकिन राम-लक्ष्मण की वीरता की कहानी वह पहले भी सुन चुका था। जनक की सभा में भी वह राम की वीरता का कायल हो चुका था। अतः प्रत्यक्ष रूप से वह राम से युद्ध करने का साहस नहीं जुटा सका। उसने छल का सहारा लिया। कहा भी है—"वीरता जब भागती है तो उसके पैरों में छल-छंद की धूल उड़ती है।"

रावण ने भय दिखाकर मारीच को अपने षड्यंत्र में शामिल किया। मारीच ने सोने के मृग का और रावण ने साधु का वेश धारण किया। सोने का मृग देखकर उसका चर्म पाने को सीता लालायित हो उठी। उसने राम से चर्म लाने का आग्रह किया। लक्ष्मण को सावधान करके राम धनुष-बाण लिये मृग के पीछे दौड़ पड़े। यहाँ कवि ने मानो यह संदेश दिया है कि सोना अर्थात् धन के लिए लालायित होने वाली नारी स्वयं विपत्ति को आमंत्रित करती है।

मारीच छल से राम को अपने पीछे दौड़ाता हुआ बहुत दूर ले गया, तभी धनुष से बाण छूटा और मृग को भेदता हुआ निकल गया। उस मायावी ने जोर से चिल्लाकर 'हा! लक्ष्मण! हा सीते' कहकर अपने प्राण त्याग दिए। उसकी चीख सीता के कानों में पड़ी। किसी विपत्ति की आशंका से सीता काँप उठी। सीता ने लक्ष्मण से राम की खोज में जाने को कहा। लक्ष्मण के लाख समझाने पर भी सीता मानी नहीं। नारी-सुलभ दुर्बलता के कारण वह लक्ष्मण को ही जली-कटी सुनाने लगी। कवि ने ठीक ही कहा है—

नहीं अंध ही, किंतु बधिर भी
अबला बंधुओं का अनुराग।

लक्ष्मण ने कुटी के बाहर एक रेखा खींची और सीता को उस रेखा से बाहर न आने की हिदायत देकर वे राम की खोज में चल पड़े। रावण ऐसे ही मौके की तलाश में था। उसने भिक्षुक के वेश में कुटिया के सामने भिक्षा की पुकार लगाई। सीता भिक्षा लेकर कुटी से बाहर आई। पर रावण लक्ष्मण-रेखा को लाँघने का साहस नहीं जुटा पाया। उसने दूसरी चाल चली। उसने बँधी हुई भिक्षा लेने से इनकार कर दिया। सीता विचित्र धर्म-संकट में पड़ गई। अगर भिक्षुक खाली हाथ लौट गया, तो सीता के धर्म की हानि होती। सीता क्षत्राणी थी। उसने धर्म की रक्षा के लिए साहस कर रेखा लाँघ दी। फिर क्या था, पलक झपकते ही रावण अपने असली रूप

में आ गया। उसने झपटकर सीता को पकड़ लिया। सीता ने पहले तो साहस दिखाया, पर थी तो वह नारी ही। फिर दूसरे ही पल वह मूर्च्छित होकर गिर पड़ी। रावण सीता को लेकर आकाश-मार्ग से लंका की ओर चल पड़ा। कवि गुप्त के ही शब्दों में—

चिल्ला तक न सकी घबराकर
वह अचेत हो जाने से,
भाँय-भाँय कर उठा किंतु वन
निज लक्ष्मी खो जाने से।

'रामचरितमानस' में तुलसी ने इस प्रसंग का सुंदर चित्र खींचा है। वहाँ सीता घबराती नहीं, वरन् रावण को ललकारती है, क्योंकि वहाँ वह देवी है। वह रावण को ललकारती हुई कहती है—

कह सीता धर धीरज गाढ़ा,
आई गयेऊ प्रभु रह खल ठाढ़ा।

लेकिन 'प्रदक्षिणा' की सीता एक सामान्य नारी है। भयभीत हो जाना, विपत्ति में घबरा जाना उसकी स्वाभाविक दुर्बलता है। अतः वह रावण को देखते ही अचेत हो जाती है। रास्ते में वृद्ध जटायु सीता को पहचान कर रावण से युद्ध करता है। अपने डैने और चोंच से मार-मारकर उसे लहूलुहान कर देता है, लेकिन वह बूढ़ा पक्षी भला रावण से कितनी देर तक युद्ध करता। अंत में वह लड़ता हुआ वीरगति को प्राप्त हो जाता है। रावण सीता को लेकर लंका जा पहुँचता है।

'प्रदक्षिणा' में सीता-हरण की घटना अत्यंत मार्मिक है। लेकिन इसमें एक संदेश भी छिपा है। सामान्य नारी का सोने के प्रति मोह कभी-कभी कितना घातक होता है, यह इसमें स्पष्ट है। सोना पाने की लोलुपता नारी को घोर संकट में डाल देती है। फिर लक्ष्मण को जली-कटी सुनाना भी सीता की नारी-सुलभ दुर्बलता ही कही जाएगी।

□

प्रदक्षिणा में लंका-दहन

'प्रदक्षिणा' की कथावस्तु बिल्कुल वही नहीं है, जो 'रामचरितमानस' की है। मैथिलीशरण गुप्त ने इसमें अपनी सूझ-बूझ से यत्र-तत्र परिवर्तन किया है। यह परिवर्तन आज के बदलते युग, बदलती परिस्थितियों के अनुरूप है। पात्रों के चरित्र-चित्रण में भी कवि ने खुलकर मौलिकता का परिचय दिया है, लेकिन इसका यह अर्थ नहीं है कि मूल कथावस्तु में ही उलटफेर कर दिया गया है। परंपरा का पालन करते हुए मौलिकता और नवीनता को प्रश्रय दिया गया है।

'मानस' में तुलसी ने लंका-दहन का बड़ा ही सजीव वर्णन किया है। इस वर्णन में तुलसी ने वीर, अद्‌भुत साहस, हास्य आदि रसों का और भावों का एक साथ पूर्ण परिपाक किया है। 'प्रदक्षिणा' में लंका-दहन का संक्षिप्त वर्णन आया है, फिर भी वह रोचक, सरस और सजीव है।

सीता-हरण के बाद राम-लक्ष्मण वन-वन सीता की खोज में भटकते हुए किष्किंधा पहुँचते हैं। यहीं उनकी मुलाकात हनुमान से होती है। फिर हनुमान के ही प्रयास से किष्किंधा के राजा सुग्रीव से उनकी मित्रता होती है। सुग्रीव सीता माता की खोज का बीड़ा उठाते हैं। राम भी सुग्रीव को बाली के अत्याचार से मुक्त कराते हैं। इस प्रकार दोनों प्रगाढ़ मित्रता के बंधन में बँध जाते हैं।

वर्षाकाल बीतते ही सुग्रीव अपने वानर-भालुओं की सेना को चारों

दिशाओं में सीता की खोज के लिए भेजते हैं। इन्हीं वानर-भालुओं के समूह में हनुमान भी हैं, जो राम के अनन्य भक्त और प्रेमी हैं। राम को हनुमान के बल और बुद्धि पर अटल विश्वास है। हनुमान को सब तरह से योग्य और कुशल जानकर राम उन्हें अपनी अँगूठी देते हैं, ताकि सीता हनुमान को आसानी से पहचान सकें।

मारुति को मुँदरी दे प्रभु ने
फेरा उनपर स्वकर सरोज।

मार्ग की अनेक विघ्न-बाधाओं को पार कर हनुमान सागर के तट पर पहुँचते हैं। सागर की विशालता देखकर पहले तो हनुमान निराश-से हो जाते हैं।

'मानस' में तुलसी ने भी हनुमान को पहले निराशा से ग्रसित ही दिखाया है। लेकिन जब जामवंत हनुमान को उनके बल की याद दिलाते हैं, तो हनुमान सागर लाँघने को तैयार हो जाते हैं।

कहइ रीछपति सुनु हनुमाना,
का चुप साधि रहेहु बलवाना।

हनुमान लंकापुरी की सुंदरता देखकर भौचक्के रह जाते हैं। उन्हें सहसा विश्वास नहीं होता कि वे रावण की नगरी में हैं या स्वर्गलोक में? सोने की लंका के सौंदर्य का वर्णन करते हुए कवि ने लिखा है—

निरख शत्रु की स्वर्णपुरी वह
मुझे दिशा-सी भूली थी।
नील जलधि में लंका थी
या नभ में संध्या फूली थी।

अशोक वाटिका में बैठी सीता क्षण-क्षण भय खाती और कण-कण आँसू पीती राम के ध्यान में तल्लीन थी। हनुमान सूक्ष्म रूप धारण कर एक वृक्ष की ओट से वहाँ का दृश्य देख रहे थे। रावण साम, दाम, दंड, भेद—सभी नीतियों से सीता को अपने वश में करने का प्रयास कर रहा

था। हनुमान प्रकट होकर सीता को राम की अँगूठी देते हैं, साथ ही अपना पूरा परिचय भी देते हैं।

अशोक वाटिका में रसदार फलों को देखकर हनुमान की क्षुधा जाग्रत् हो उठी। वे सीता की आज्ञा ले फलों पर टूट पड़ते हैं। बंदर की जात भला अपना स्वभाव कैसे छोड़े! कुछ खाया, कुछ इधर-उधर फेंका। इतना ही नहीं, कई पेड़ ही उखाड़कर फेंक दिए। देखते-देखते संपूर्ण अशोक वाटिका उजाड़ बन गई। उनकी गुस्ताखी की खबर रावण के कानों तक भी पहुँची। रावण ने अपने दो पुत्रों को उस बंदर की खबर लेने को भेजा, लेकिन हुनमान ने एक ही मुक्के में दोनों को यमलोक पहुँचा दिया। अंत में मेघनाथ ने नागपाश में बाँधकर उन्हें रावण के समक्ष उपस्थित किया।

सच तो यह है कि ये सारे क्रियाकलाप हनुमान के एक कौतुक थे, जिसके बहाने वे रावण को राम की शक्ति का परिचय देना चाहते थे।

रावण के दरबार में हनुमान को लाया जाता है। उनके आगे-पीछे राक्षसों के बच्चे शोर मचाते हुए दौड़ रहे हैं। हनुमान को देखते ही रावण क्रोधित हो उठता है और आज्ञा देता है—"जीता हुआ जला दो इसको।"

लेकिन विभीषण के हस्तक्षेप से यह नहीं हो पाता। फिर हनुमान की पूँछ में तेल, वस्त्र आदि लपेटकर आग लगा दी जाती है। आग लगते ही हनुमान स्वर्ण-जड़ित महलों के ऊपर उछल-कूद करते हैं। लंका के सारे लोग बंदर की इस दुर्दशा पर अपना मनोरंजन करते हैं। लेकिन कुछ ही पलों में जब सारी लंका आग की लपटों में घिर जाती है, तो वही सारे लोग अपने-अपने घरों से निकलकर चिल्लाते हुए इधर-उधर भागने लगते हैं। कितने लोग आग में झुलस भी जाते हैं। अभी-अभी हास्य की जो किलकारी छूट रही थी, वह करुण क्रंदन में बदल जाती है। 'मानस' में तुलसी ने इस दृश्य का सजीव वर्णन किया है—

तात-मातु हा सुनिए पुकारा, एहीं अवसर को हमहि उबारा,
हम जो कहा यह कपि नहिं होई, वानर रूप धरे सुर कोई।

हनुमान एक महल से दूसरे महल पर कूदते हुए अग्नि की भयानकता को बढ़ाते जाते हैं। इसी समय चारों दिशाओं से भयंकर वेग से वायु भी बहने लगती है, जिससे अग्नि की प्रचंडता और उग्र रूप ले लेती है। धुएँ से सारा आकाश ढक जाता है। चारों तरफ लंका में हाहाकार मच जाता है। रुदन, क्रंदन, विलाप-प्रलाप से दिशाएँ गूँजने लगती हैं। हनुमान लंका को जलाकर समुद्र में कूदकर अपनी पूँछ की आग बुझा लेते हैं। कवि के ही शब्दों में—

जली पाप की लंका जिससे,
वह थी एक सती की हूक।
कपि ने तो झटपट समुद्र में,
कूद बुझा ली अपनी लूक।

इस प्रकार अशोक वाटिका उजाड़कर, रावण के पुत्रों का वध कर, लंका जलाकर, हनुमान राम की शक्ति का परिचय देकर सीता के समक्ष उपस्थित होते हैं और प्रस्थान करने की आज्ञा माँगते हैं। सीता चूडामणि देकर हनुमान को विदा करती हैं।

□

प्रदक्षिणा में राम-रावण युद्ध

'प्रदक्षिणा' में राम-रावण युद्ध की भीषणता का वर्णन करते हुए मैथिलीशरण गुप्त ने लिखा है—

हुआ राम-रावण का साही
राम और रावण का युद्ध,
जिसे देखकर स्वयं काल की
हुई निमिष भर गति अवरुद्ध।

लंका जलाकर हनुमान लौट आए। राम को सीता का पता मिल चुका था। अब केवल लंका पर विजय प्राप्त कर सीता को वापस लाना भर शेष था। बंदर-भालुओं की सेना सजाई गई। नल-नील की सहायता से समुद्र पर पुल का भी निर्माण हो गया और लंका की ओर कूच का डंका बजा दिया गया। लंका पहुँचकर राम ने रावण को संदेश भेजकर एक आखिरी मौका दिया कि वह सीता को लौटाकर अपनी बरबादी से बच जाए, लेकिन अभिमानी रावण के कानों पर जूँ तक नहीं रेंगी। कवि ने ठीक ही लिखा है—

हित में अहित, अहित में ही हित
किंतु मानता है अविवेक।

लेखक के ही शब्दों में—

जब घड़ी विनाश की आती है
विपरीत बुद्धि बन जाती है।

रावण का भाई विभीषण भी उसे कई प्रकार से समझाता है। लेखक के ही शब्दों में विभीषण कहता है—

प्रतिशोध की अग्नि शिखा पर
प्रेम-रस छिड़काइए।
वे राम सबके मित्र हैं
उनको न शत्रु बनाइए।

लेकिन रावण की बुद्धि तो मारी गई थी। वह विभीषण को ही लात मार राम की शरण में जाने को विवश कर देता है और विभीषण राम की शरण में जा पहुँचता है।

अंत में बंदर-भालुओं की सेना प्रबल वेग से शत्रु-सेना पर टूट पड़ती है। 'रामचरितमानस' में तुलसी ने राम-रावण युद्ध की भयानकता का बड़ा सजीव वर्णन किया है, लेकिन वहाँ युद्ध भले ही भयानक है, पर राम वहाँ ईश्वर हैं। तुलसी ने वहाँ राम में अलौकिक शक्ति भरकर युद्ध को अस्वाभाविक बना दिया है। लेकिन 'प्रदक्षिणा' में गुप्तजी ने राम को दैवीय और मानवीय—दोनों रूप में चित्रित किया है। यहाँ युद्ध में राम मानव हैं और सधे हुए शूरवीर हैं। युद्ध-कला में निपुण हैं। अतः 'प्रदक्षिणा' के राम-रावण युद्ध में स्वाभाविकता आ गई है।

राक्षसों की विशाल सेना काले-काले बादलों की तरह चारों ओर छा रही है। लंबे-लंबे बाल, विकराल दाँत, उनकी भयंकर गर्जना—यह सब मिलकर युद्ध की भयानकता को और बढ़ा रहे हैं, लेकिन वानरों की सेना जरा भी विचलित नहीं होती। पहाड़, वृक्ष, जो भी मिल जाते हैं, उसे ही लेकर वे शत्रु-सेना का संहार करने लगते हैं। थोड़े ही समय में शत्रु-सेना के हौसले पस्त हो जाते हैं। बंदर-भालुओं के आगे उनके पैर टिक नहीं पाते। उनकी वीरता के आगे इनका सारा छल-बल नाकाम हो जाता है। कभी-कभी राक्षस अपनी माया से बंदर-भालुओं को भ्रमित कर देते हैं, पर दूसरे ही पल उनकी माया तिरोहित हो जाती है। युद्ध-भूमि में हर तरफ

मार-काट, रुदन, क्रंदन, चिल्लाहट का शोर मचा हुआ हैं। रुंड-मुंड से रण-क्षेत्र पटा हुआ है। तुलसी ने 'मानस' में लिखा है—

हाहाकार भयेऊपुर भारी,
रोबहिं बाल अऊर नर-नारी।

'प्रदक्षिणा' में गुप्तजी ने भी कुछ ऐसा ही सजीव चित्र खींचा है—

मार-मार हुंकार साथ ही
निज-निज प्रभु की जय-जयकार
बहते विटप, डूबते प्रस्तर,
लुकते शोणित में अंगार।

युद्ध की भीषणता का वर्णन करते हुए कवि ने पुनः लिखा है—

आ रे आ, जा रे जा कह-कह
भिड़ते थे जन-जन के साथ,
धन-धन झन-झन सन-सन निःस्वन
होता था हन-हन के साथ।

सैकड़ों राक्षसों के सरदारों की मौत पर जहाँ रावण क्रुद्ध है, वहीं चिंतित भी है। वह युद्ध में अपने बलशाली पुत्र मेघनाद को भेजता है। वहाँ मेघनाद का सामना लक्ष्मण से होता है। इन दोनों के बीच ऐसा भयंकर युद्ध होता है कि दोनों ओर की सेना लड़ना छोड़कर युद्ध देखने लगती है। लेकिन कुछ ही देर में लक्ष्मण के सामने मेघनाद के सारे अस्त्र-शस्त्र व्यर्थ हो जाते हैं। अंत में हताश होकर मेघनाद लक्ष्मण पर शक्तिबाण का प्रयोग करता है। शक्तिबाण लगते ही लक्ष्मण मूर्च्छित होकर युद्ध-भूमि में गिर जाते हैं। उनके गिरते ही राम की सेना में हाहाकार मच जाता है, लेकिन शत्रु-पक्ष में खुशी की लहर दौड़ जाती है।

इस अवसर पर 'मानस' में राम भाई को मूर्च्छित पाकर शोकाकुल हो जाते हैं। वहाँ तरह-तरह से विलाप करने लगते हैं। लेकिन 'प्रदक्षिणा'

के राम तुरंत विलाप नहीं करते। वरन् क्रोध से भरकर भीषण प्रतिशोध की ज्वाला में जलने लगते हैं। कवि के ही शब्दों में—

जगी उसी क्षण विद्युत् ज्वाला
गरज उठे होकर वे क्रुद्ध।
आज काल के भी विरुद्ध है
युद्ध-युद्ध बस मेरा युद्ध।

राम स्वयं कहते हैं—

रोऊँगा पीछे होऊँगा प्रथम
उऋण रिपु के ऋण से,
प्रलयकाल से बढ़े महाप्रभु
जलने लगे शत्रु तृण से।

कुंभकरण की मृत्यु रावण पर वज्राघात की तरह होती है। वह दुःख और क्रोध से भरकर विचलित हो उठता है। अंत में वह स्वयं युद्ध में शामिल होता है। फिर तो राम-रावण में श्रीयुद्ध होता है। वह उन्हीं के समान होता है। इस युद्ध की न तो अन्य किसी युद्ध से तुलना हो सकती है, न उपमा दी जा सकती है। दोनों शूरवीर हैं। युद्ध-कला में प्रवीण हैं। रण-कौशल में माहिर हैं। दोनों में दाँव पर दाँव चलते हैं। छल-प्रपंचों का भी सहारा लिया जाता है। दोनों के बीच युद्ध की भयंकरता का वर्णन करते हुए कवि ने लिखा है—

क्षुद्र नक्र जैसे पानी में, पर्वत में जैसे विस्फोट
अरि समूह में प्रभु वैसे ही करते थे चोटों पर चोट।

कुछ ही क्षणों में युद्ध का मैदान रुंड-मुंडों से पट जाता है।

कर, पद, रुंड, मुंड ही रण में
उड़ते-गिरते पड़ते थे।
कल-कल नहीं, किंतु भल-भल कर
रक्त-स्रोत उमड़ते थे।

संक्षेप में, कवि ने राम-रावण युद्ध की भयंकता का जो चित्र खींचा है, वह बड़ा ही सजीव है। ऐसा युद्ध न कभी लड़ा गया और न आगे लड़े जाने की संभावना है।

हुआ राम-रावण का-सा ही
राम और रावण का युद्ध।

□

प्रदक्षिणा में राम-विलाप

राम-रावण का युद्ध दिन-दिन विकराल रूप लेता जा रहा था। वानरी सेना के समक्ष राक्षसों के पैर उखड़ने लगे थे। लक्ष्मण युद्ध में कहर ढा रहे थे। संपूर्ण रण-क्षेत्र रुंड-मुंडों से पट गया था। आकाश में उड़ते चील, गिद्ध और नीचे रोते सियार—सब मिलकर युद्ध की विभीषिका का परिचय दे रहे थे। कवि के ही शब्दों में—

नीचे सियार पुकार रहे थे, ऊपर मँडराते थे गिद्ध।
सोने की लंका मिट्टी में मिलती थी लोहे से बिद्ध॥

राक्षसों के बड़े-बड़े योद्धा मौत के घाट उतारे जा चुके थे। रावण के सभी प्रमुख भट्ट काल की भेंट चढ़ चुके थे। रावण चिंता में डूबा था। उसके भीतर भय का साया उसे डराने लगा था। राक्षसी सेना के सारे छल-बल राम की धन्वा की टंकार के आगे निरर्थक सिद्ध हो चुके थे। तभी अपनी सेना की दुर्दशा देखकर मेघनाद युद्ध-भूमि में प्रवेश करता है, लेकिन लक्ष्मण के बाणों की वर्षा से व्याकुल हो उठता है। अंत में जब लक्ष्मण के सामने उसकी वीरता जवाब देने लगती है, तब कोई उपाय न देखकर वह लक्ष्मण पर ब्रह्मास्त्र का प्रयोग कर बैठता है। इस बाण का वार कभी खाली नहीं जा सकता था। लक्ष्मण भी इस बाण की विशेषता से परिचित थे। पर वे सामने से हटते कैसे ? वे बाण को झेल जाते हैं और मूर्च्छित होकर युद्ध-भूमि में गिर जाते हैं।

लक्ष्मण के मूर्च्छित होने की खबर राम की सेना में बिजली की गति

से फैल जाती है। सारे वानर-भालू शोक के महासागर में डूब जाते हैं, लेकिन शत्रु-सेना में खुशी की लहर दौड़ जाती है। हनुमान लक्ष्मण के मूर्च्छित शरीर को शिविर में लाते हैं। राम पर तो मानो शोक का पहाड़ ही टूट पड़ता है। उनका मुख-कमल मुरझा जाता है। आँखों से अविरल अश्रुधारा प्रवाहित होने लगती है।

'रामचरितमानस' में तुलसी ने भी इस प्रसंग का बड़ा ही मार्मिक और करुणा से ओत-प्रोत वर्णन किया है। वहाँ राम दुःख से व्याकुल होकर करुण विलाप करने लगते हैं। उनका विलाप सुनकर वानरी सेना भी विकल हो उठती है।

प्रभु-प्रलाप सुनि कान, विकल भए वानर निकर।

लेकिन 'प्रदक्षिणा' के राम 'मानस' के राम से भिन्न हैं। बात यह है कि 'प्रदक्षिणा' की कथावस्तु बिल्कुल वही नहीं है, जो 'मानस' की है। यहाँ गुप्तजी ने अपनी प्रतिभा और सूझ-बूझ से थोड़ा-बहुत परिवर्तन ला दिया है। यह परिवर्तन बदलते युग और बदलती मान्यताओं के कारण आया है।

'प्रदक्षिणा' के राम-लक्ष्मण को मूर्च्छित पाकर 'मानस' के राम की तरह पहले विलाप नहीं करते, वरन् भीषण प्रतिशोध की आग में जल उठते हैं। क्रोध से भरकर उनकी आँखों से चिनगारी छिटकने लगती है। वे बादल की तरह गरज उठते हैं—

जगी उसी क्षण विद्युत् ज्वाला
गरज उठे वे होकर क्रुद्ध,
आज काल के भी विरुद्ध है,
युद्ध, युद्ध, बस मेरा युद्ध।

राम स्वयं कहते हैं—

रोऊँगा पीछे, होऊँगा प्रथम
उत्ऋण रिपु के ऋण से।

फिर तो राम युद्ध-भूमि में अपने बाणों का ऐसा तांडव मचाते हैं कि

शत्रु-सेना में हाहाकार मच जाता है। उनके बाणों की अग्नि-वर्षा में शत्रु तृण की तरह जलने लगते हैं। स्वयं रावण मूर्च्छित होकर गिर जाता है। रावण को अपने इस भाई के बल-पराक्रम पर पूरा भरोसा है। कुंभकरण यद्यपि रावण के कार्यों का अनुमोदन नहीं करता, पर अपने अग्रज का अनुगत तो है ही।

कुंभकरण के युद्ध में प्रवेश करते ही राक्षसों का हौसला एक बार फिर लौट आता है, पर राक्षसों की सेना में पुनः निराशा छा जाती है। रावण की भी रही-सही आशा ध्वस्त हो जाती है। कुंभकरण की मृत्यु से उसकी कमर ही टूट जाती है। अब राम और रावण की एक ही दशा है। दोनों की एक ही पीड़ा है। दोनों का भ्रातृ-वियोग समभाव है। राम रावण से कहते हैं—

आ भाई सब बैर भूलकर
हम दोनों सम दुःखी मित्र।
आज क्षण भर भेंट परस्पर
कर लें अपने नेत्र पवित्र।

लेकिन रावण तो पहले ही मूर्च्छित हो चुका था। राम भी यह कहते हुए मूर्च्छित हो जाते हैं—"राम से रावण ही है सहृदय आज।"

'प्रदक्षिणा' में राम के विलाप को कवि ने 'मानस' के राम के विलाप की तरह ही बड़ा ही कारुणिक और मर्मस्पर्शी बनाया है। राम के विलाप को सुनकर वानर-भालुओं का समूह भी व्याकुल हो उठता है। दिशाएँ खामोश हो जाती हैं। करुणा भी मानो रोने लगती है। कवि के ही शब्दों में—

संध्या की उस धूसरता में
उमड़ा करुणा का उद्रेक
छलक-छलककर झलके ऊपर
नभ के भी आँसू दो-एक।

राम ने कुंभकरण का वध करके भाई का बदला ले लिया था। अब उनका क्रोध आँखों से आँसू बनकर बहने लगा था। अपने अनुज के प्यार ने उन्हें रोने को विवश कर दिया। उनके धैर्य का बाँध टूट गया। हृदय में

दु:ख का सागर उमड़-घुमड़ रहा था। अंत में पलकों ने अपने कपाट खोल दिए और आँखों से अविरल अश्रुधारा प्रवाहित होने लगी। 'प्रदक्षिणा' का राम-विलाप यद्यपि 'मानस' जैसा प्रभावशाली नहीं है, फिर भी गुप्तजी ने इस विलाप का करुणा के रस में ज्यादा-से-ज्यादा भिगोने का प्रयास किया है।

राम लक्ष्मण के मूर्च्छित शरीर को बार-बार गले से लगाते हैं। विलाप करते हुए कहते हैं कि लक्ष्मण तो हमेशा उनका अनुगामी रहा। फिर आज वह अग्रगामी कैसे बन गया। उसने तो राम के सुख पर अपना घर, परिवार, माता-पिता, पत्नी—सबको छोड़ दिया, फिर आज इस प्रकार मुँह क्यों मोड़ लिया ? राम अब कौन सा मुँह लेकर अयोध्या वापस जाएगा ? माता सुमित्रा ने तो राम के भरोसे ही लक्ष्मण को विदा किया था, अब मैं माता को क्या जवाब दूँगा ? राम प्रलाप करते हुए कहते हैं—

सर्वमान मुझे भेंट कर
वत्स आज कीर्तिगामी न बनो
रहे सदा तुम अनुगामी तो
आज अग्रगामी न बनो।

संक्षेप में, राम का विलाप बड़ा ही कारुणिक है। वे लक्ष्मण के मूर्च्छित शरीर में अपने प्राण डालने की भी बात करते हैं। 'मानस' में राम कहते हैं—

सुत वित नारी भवन परिवारा। होहिं जाहिं जग बारहिं बारा।
अस विचारि जियँ जगहु ताता मिलइ न जगत् सहोदर भ्राता।

'प्रदक्षिणा' में राम कहते हैं—

इस शरीर में डालो कोई मेरे प्राण।

अंत में हम कह सकते हैं कि 'प्रदक्षिणा' का राम-विलाप 'मानस' के विलाप की समानता भले न कर सके, पर कुछ पल के लिए हमें आंदोलित अवश्य कर देता है।

□

प्रदक्षिणा में रावण-विभीषण संवाद

विभीषण रावण का छोटा भाई था। वह रामभक्त था। लंका में विभीषण से हनुमान का परिचय होता है। तुलसी के 'मानस' के अनुसार, जब बड़े सवेरे हनुमान सूक्ष्म रूप धारण कर लंका का भ्रमण कर रहे थे तो एक घर से उन्हें 'राम नाम' की ध्वनि सुनाई दी। हनुमान आश्चर्य में डूब गए यह सोचकर कि—

लंका निशिचर निकर निवासा,
यहाँ-वहाँ सज्जनि कर वासा।

'मानस' के अनुसार यहीं हनुमान और विभीषण एक-दूसरे से परिचित होते हैं। यही कारण था कि संपूर्ण लंका में केवल विभीषण का घर ही जलने से बच गया था। जो भी हो, पर हनुमान लंका जलाकर और रावण को राम की शक्ति का परिचय देकर लौट आए, लेकिन रावण तो अपने मद में चूर था। उसकी बुद्धि मंद पड़ गई थी, आँखें हो गई थीं बंद। केवल उसके कान खुले थे। वह अपने चाटुकारों पर भुलावे में था। अपने भुज-बल व वैभव पर फूला था।

लंका पहुँचकर राम ने संदेश भेजकर उसे एक मौका दिया और कहा कि वह सीता को लौटाकर अपनी बरबादी होने से बचा ले, लेकिन दिनकर ने ठीक ही लिखा है—

जब नाश मनुज पर छाता है,
पहले विवेक मर जाता है।

लेखक के शब्दों में भी—

जब घड़ी विनाश की आती है,
विपरीत बुद्धि बन जाती है।

अंत में राम की सेना ने प्रबल वेग से लंका पर आक्रमण कर दिया। विभीषण लंका के आकाश में उमड़ते-घुमड़ते संकट के बादलों को स्पष्ट देख रहा था। अपने भाई के कुकृत्य पर वह शर्मिंदा था। राम की शक्ति से वह पूर्ण परिचित था। अतः उसने रावण के कार्यों की निंदा करते हुए उसे समझाने का प्रयास किया।

विभीषण रावण को समझाते हुए कहता है कि अन्यायी कभी सुख-चैन नहीं पा सकता। अतः वह दूसरे पर अन्याय करने का प्रयास न करे। दूसरे को कष्ट देने वाला कभी चैन की नींद नहीं सो सकता। रावण अपने कृत्यों से स्वयं तो डूबेगा ही, देश को भी ले डूबेगा। विभीषण कहता है कि जिस दिन रावण के पाप का घड़ा फूटेगा, उस दिन सबकुछ तहस-नहस हो जाएगा। वह रावण को राम की शक्ति का परिचय देते हुए कहता है कि जब उनका एक सामान्य सा दूत लंका की दुर्दशा करके चला गया, तो फिर उनकी सेना लंका का क्या हश्र करेगी, यह उसे समझना चाहिए। इससे सीख लेनी चाहिए।

इस प्रकार विभीषण अपने देश को विनाश से बचाना चाहता है। वह कहता है कि आज विश्व का दायरा बढ़ता जा रहा है। ऐसी घड़ी में एक देश की सीमा में संकुचित रहना उचित नहीं है। रावण को यह सब सोचकर राम से शत्रुता मोल लेना लंका के लिए हितकर नहीं है। विभीषण उस देश को अपना नहीं मानता जो दूसरे पर अत्याचार करे। वह पुनः रावण को समझाते हुए कहता है—

तात! देश की रक्षा का ही
कहता हूँ मैं उचित उपाय,
पर वह मेरा देश नहीं
जो करे दूसरे पर अन्याय।

यहाँ गुप्तजी ने विभीषण के चरित्र का नया मूल्यांकन किया है, उसे एक सच्चे देशभक्त के रूप में उपस्थित किया है। 'मानस' के विभीषण में हम यह गुण नहीं पाते। वहाँ वह केवल रामभक्त है और अपने भाई का कल्याण चाहने वाला है। इस अर्थ में 'प्रदक्षिणा' का विभीषण आज के प्रजातांत्रिक युग का एक सुयोग्य नागरिक है, जिसमें राष्ट्रप्रेम का जज्बा है। 'प्रदक्षिणा' का विभीषण विश्व बंधुत्व की भावना से भी भरा है। वह रावण को समझाते हुए कहता है कि वह आज अपने ही देश का नहीं, वरन् संपूर्ण विश्व का कल्याण चाहता है। उसी के शब्दों में—

एक देश क्या अखिल विश्व का,
तात चाहता हूँ मैं त्राण।

विभीषण राम के गुणों का परिचय देते हुए रावण से कहता है कि राम ने धर्म की रक्षा के लिए अपना राज्य भी खुशी-खुशी त्याग दिया। वे वन-वन भटकते हुए वन के कष्टकारी कंटकों को झेलते हुए कभी विचलित नहीं हुए। वन में भयानक राक्षसों का संहार कर उन्होंने अपनी शक्ति और सामर्थ्य का परिचय दे दिया है। ऐसा पुरुष भला किसी का दुश्मन कैसे हो सकता है?

राम तो सबके मित्र हैं। उन्हें शत्रु बनाना रावण के लिए कभी शुभ नहीं होगा। लेखक के ही शब्दों में—

वे राम सबके मित्र हैं,
उनको न शत्रु बनाइए।

अन्यथा यह सोने की लंका क्षार में मिल जाएगी। और रावण को—

क्या मिलेगा मरण के इस पर्व में,
नाश के त्योहार में?

विभीषण रावण को सावधान करता हुआ कहता है कि वह अपने बल-वैभव के मद में न भूले कि राम शक्ति के अवतार हैं। जिस प्रकार एक छोटा सा अंकुश विशाल हाथी को वश में कर लेता है, उसी प्रकार

वह राम को छोटा समझने की भूल न करे। रावण चाहे जितना बलशाली हो, पर राम के सामने उसका सारा बल क्षीण हो जाएगा। अतः सबकुछ नष्ट होने से पहले ही वह बचा ले और माता सीता को लौटा दे।

विभीषण भाँति-भाँति से रावण को समझाते हुए कहता है कि राम तो शासन करने के लिए ही अवतरित हुए हैं। वे सबके शासक हैं। फिर सीता तो महासती है। उस सती की आह में ही रावण का सबकुछ जलकर खाक हो जाएगा। राम तो बहाना होंगे। विभीषण आगे कहता है कि परनारी पर कुदृष्टि डालने वाला कभी अपना भला नहीं कर पाता। उसी के शब्दों में—

परनारी, फिर सती और वह
त्याग की मूर्ति सीता-सी सृष्टि,
जिसे मानता हूँ मैं माता
आप उसी पर करें कुदृष्टि।

लेकिन विभीषण के समझाने का रावण पर उलटा प्रभाव पड़ता है। उसका क्रोध और भड़क उठता है। कवि के ही शब्दों में—

हित में अहित, अहित में ही हित
किंतु मानता है अविवेक।

रावण विभीषण को देशद्रोही करार देकर उसे देश से निकल जाने की सजा दे डालता है—

निकल यहाँ से शत्रु शरण जा,
जिसके गुण पर लुब्ध हुआ।

विभीषण राम की शरण में चला जाता है।

□

प्रदक्षिणा में लक्ष्मण-शूर्पणखा संवाद

'प्रदक्षिणा' काव्य की सबसे बड़ी खूबसूरती लक्ष्मण-शूर्पणखा संवाद में निहित है। यदि काव्य से इस अंश को हटा दिया जाए तो फिर काव्य का सारा सौंदर्य ही फीका पड़ जाएगा। यद्यपि यह संवाद अधिक समय तक नहीं चलता, लेकिन इसके बहाने कवि के कई उद्देश्य पूरे हो जाते हैं। 'रामचरितमानस' में भी यह संवाद छोटा ही है, पर कथानक को आगे बढ़ाने में सहायक होता है। 'प्रदक्षिणा' में यह संवाद केवल कथानक को ही आगे नहीं बढ़ाता, वरन् लक्ष्मण और शूर्पणखा के चरित्र का भी नए सिरे से मूल्यांकन करता है। जिससे दोनों ही पात्रों के चरित्र के अछूते पहलुओं से हम परिचित हो पाते हैं। इस दृष्टि से 'प्रदक्षिणा' का यह संवाद 'मानस' की अपेक्षा अधिक रोचक और आकर्षक बन पाया है।

पंचवटी में पर्णकुटी के सामने एक सफेद शिला पर बैठा लक्ष्मण पहरे में तल्लीन है। बीच-बीच में वह इधर-उधर दृष्टि भी डाल लेता है। ऐसे एकांत और शांत क्षण में लक्ष्मण अपने अतीत में खो जाता है। कवि के ही शब्दों में—

कोई पास न रहने पर भी
जन-मन मौन नहीं रहता,
आप-आप की कहता है वह
आप-आप की है सुनता।

अमल धवल चाँदनी रात का तीसरा प्रहर बीत रहा है। वन में चारों ओर अपूर्व शांति विराज रही है। रात के इस सन्नाटे में बैठा लक्ष्मण भी अपने आप से बात कर रहा है। कभी वन-गमन के समय को याद कर वह सिहर उठता है तो कभी उर्मिला की याद में वह खो जाता है।

संक्षेप में, लक्ष्मण अपनी भावनाओं में इस कदर खोया है कि उसे अपने आसपास की भी सुध नहीं है। अचानक लक्ष्मण चौंक जाता है। उसने देखा कि उसके सामने एक अपूर्व लावण्यमयी रमणी खड़ी है। उस रमणी का अनुपम रूप पल भर के लिए लक्ष्मण को चकाचौंध में डाल देता है। कुछ पल के लिए वह हतप्रभ हो जाता है। लक्ष्मण नाना संभावनाओं, आशंकाओं से घिर जाता है। उसका मन ऊहापोह में पड़ जाता है।

शंका और संदेह के झूले पर लक्ष्मण झूलने लगता है। उस उद्योत रमणी से लक्ष्मण तुरंत कोई बात नहीं कर पाता है। अंततः संवाद का आरंभ शूर्पणखा की ओर से ही होता है। शूर्पणखा कहती है कि शूरवीर होकर भी एक अबला को देख वह चकित क्यों है? शूर्पणखा के ही शब्दों में—

शूरवीर होकर अबला को,
देख सुभग, तुम चकित हुए;
संसृति की स्वाभाविकता पर
चंचल होकर चकित हुए।

अब तक लक्ष्मण सँभल चुके थे। अतः संवाद में भाग लेते हुए कहते हैं—

सुंदरी, मैं सचमुच विस्मित हूँ
तुमको सहसा देख यहाँ।
ढलती रात अकेली अबला
निकल पड़ी तुम कौन कहाँ?

इस प्रकार लक्ष्मण-शूर्पणखा के संवाद का आरंभ होता है। संवाद में जब नाटकीयता आती है, तो संवाद ज्यादा आकर्षक और प्रभावशाली बन जाता है। दोनों के संवाद में कवि ने यह नाटकीयता भरी है। दोनों के वार्त्तालाप में एक गति है, जो कथानक को तो आगे बढ़ाती ही है, पाठकों के दिल को भी गुदगुदा जाती है। यह संवाद कई दृष्टि से महत्त्वपूर्ण है। नाटकीयता और गतिशीलता के अतिरिक्त इसमें शूर्पणखा के चरित्र के अछूते पहलुओं से भी हम परिचित हो पाते हैं।

शूर्पणखा एक चतुर नारी तो है ही, साथ ही अपनी भावनाओं को कुशलतापूर्वक व्यक्त करने में पटु है। उसके शब्द बड़े सांकेतिक हैं। उसका हर हावभाव, हर भूभंगिमा, हर कटाक्ष लक्ष्मण पर प्रबल वेग से आक्रमण करते हैं। उसके शब्द कहीं-कहीं लक्ष्मण के अजय पौरुष को भी झकझोरने लगते हैं। शूर्पणखा का हर वाक्य संभाषण के बाद की संभावनाओं के बीज बो देता है।

"सचमुच, संवाद ऐसे ही सफल होते हैं, जो गतिमान होते हैं और अर्थ का संकेत देकर अनुमान की परिधि बढ़ा देते हैं।"

दूसरी ओर लक्ष्मण का संवाद भी अपने आप में बड़ा ही तर्कपूर्ण और संयत है। उसमें लक्ष्मण के कुल की मर्यादा अक्षुण्ण रहती है। अपने शील और विवेक की रक्षा करते हुए लक्ष्मण जिस वाक्पटुता का परिचय देता है, उससे संवादों का आकर्षण बढ़ जाता है। लक्ष्मण कहते हैं कि तुम तो सचमुच ऐश्वर्यमयी हो, और मैं ठहरा एक अकिंचन वनवासी। फिर भला तुम्हारा आतिथ्य मैं कैसे स्वीकार कर सकता हूँ?

तुम सचमुच ऐश्वर्यमयी हो
एक अकिंचन जन हूँ मैं,
क्या आतिथ्य करूँ लज्जित हूँ
वनवासी निर्धन हूँ मैं।

लक्ष्मण-शूर्पणखा संवाद से यह भी विदित होता है कि जहाँ शूर्पणखा रूपगर्भिता कामांध नारी है, वहीं लक्ष्मण का चरित्र कठोर संयम का अद्‌भुत उदाहरण है। लक्ष्मण के चरित्र की सारी खूबियाँ इन्हीं संवादों में उभरती हैं। साथ ही शूर्पणखा कौन है, कहाँ से आई है, उसके इरादे क्या हैं आदि बातों की जानकारी भी इन्हीं संवादों द्वारा हो जाती है। लक्ष्मण-शूर्पणखा संवाद केवल मौलिक और सरल गति से ही नहीं चलता, भावों के आरोह-अवरोह के अनुसार संवाद की गति में भी वृद्धि और ह्रास होता है। जब स्थितियों में तनाव पैदा होता है, तो संभाषण भी ज्यादा गतिशील बन जाता है।

साधारण रमणी कर सकती
है ऐसे प्रस्ताव नहीं।

पुनः—

तो फिर क्यों निष्काम तपस्या
करते हो इस वन में?

इस प्रकार के वार्त्तालाप जहाँ पाठकों को झकझोरते हैं, वहीं वह आगे सुनने को बेचैन भी हो उठता है। यह संवाद की बड़ी विशेषता है। लक्ष्मण वार्त्तालाप को आगे बढ़ाते हुए कहते हैं—

तो मैं योग्य पात्र खोजूँगा
सहज नहीं किंतु यह काम।

शूर्पणखा पलटकर कहती है—

मैंने खोज लिया है उसको
यद्यपि नहीं जानती नाम।

ऐसे कई स्थानों पर भाषण में तीव्रता आ गई है और आगे सुनने की उत्सुकता बनी रहती है। अपने संवाद में दोनों एक-से-एक तर्क प्रस्तुत करते हैं। अपने-अपने पक्ष में बढ़-चढ़कर दलीलें पेश करते हैं। एक-दूसरे को पराजित करने की होड़ में जुटे रहते हैं। लक्ष्मण के कथन में

जहाँ हास्य और व्यंग्य का पुट है, वहीं स्थिति की सत्यता और यथार्थ की कठोरता भी है। वहीं दूसरी ओर शूर्पणखा के कथन में अनुनय-विनय है, मदहोशी का भाव है।

लक्ष्मण-शूर्पणखा संवाद के बहाने कवि ने प्राचीन धर्मशास्त्रों द्वारा निर्धारित नियमों पर भी कटाक्ष किया है। वर्तमान परिवेश में ये नियम कसौटी पर खरे नहीं उतरते। शूर्पणखा के बहाने उन नियमों की आलोचना करते हुए गुप्तजी ने लिखा है—

नर कृत शास्त्रों के सब बंधन
है नारी को ही लेकर।
अपने लिए सभी सुविधाएँ
पहले ही कर बैठे नर।

लेकिन वहीं लक्ष्मण के बहाने उन्होंने कहा है—

उनके सतीत्व गौरव का
करते हैं नर ही गुणगान।

अंत में लक्ष्मण-शूर्पणखा संवाद के बहाने कवि ने जीवन के एक दर्शन की व्याख्या की है, जो शूर्पणखा के भोगवाद से प्रभावित है, तो दूसरी ओर प्रकृति के नियम और संसृति की स्वाभाविकता पर भी नए ढंग से विचार किया है।

□

प्रदक्षिणा में राम-शूर्पणखा संवाद

'प्रदक्षिणा' काव्य की कथावस्तु तुलसी के 'रामचरितमानस' पर ही आधारित है। फिर भी दोनों बिल्कुल एक जैसी नहीं हैं। कहीं-कहीं मौलिक अंतर आ गया है। कथानक में कहीं-कहीं मोड़ आया है। 'मानस' में तुलसी ने भी शूर्पणखा से लक्ष्मण और राम का संवाद कराया है, लेकिन वहाँ यह संवाद ज्यादा देर तक नहीं चलता। यद्यपि 'प्रदक्षिणा' का यह संवाद भी छोटा ही कहा जाएगा, पर इसमें जो गतिशीलता है, वह 'मानस' में नहीं है। साथ ही पात्रों के चरित्र की कई नई विशेषताओं से भी हम परिचित हो पाते हैं। वहीं गुप्तजी की मौलिकता और नवीनता की सूझ-बूझ भी मिलती है। संक्षेप में, 'प्रदक्षिणा' में राम के साथ शूर्पणखा का सूत्र पकड़कर जहाँ शूर्पणखा का चरित्र आगे बढ़ता है, वहीं राम का चरित्र भी एक भावनात्मक क्रांति और आदर्श उपस्थित करता है।

सारी रात शूर्पणखा लक्ष्मण पर डोरे डालती रही। उसके सामने आकर्षण और प्रलोभनों के ढेर लगा दिए, पर लक्ष्मण पर किसी चीज का कोई प्रभाव न पड़ा। हार-थककर और लक्ष्मण से निराश होकर शूर्पणखा कुछ सोचती, तभी पर्णकुटी का पट खुला। दरवाजे पर शूर्पणखा ने देखा, एक अपूर्व स्त्री खड़ी थी, जिसके सरल-शांत, अलंकार-रहित रूप के आगे रति भी फीकी थी।

लक्ष्मण-शूर्पणखा संवाद का कुछ अंश सीता ने भी सुना। वह राम को पुकारकर इस अद्भुत दृश्य की ओर उनका ध्यान आकृष्ट करती है।

शूर्पणखा की दृष्टि भी राम पर पड़ती है। लक्ष्मण से निराश होकर वह राम की ओर मुड़ती है। शूर्पणखा को अंत तक विश्वास है कि राम अवश्य ही उसकी भावनाओं को समझेंगे। इसी विश्वास को लेकर वह स्वयं राम से संभाषण आरंभ करती है—

मैं हूँ कौन, भेस ही मेरा
देता इसका है परिचय,
और चाहती हूँ क्या यह भी
प्रकट हो चुका है निश्चय।

शूर्पणखा के भीतर वासना की जो भयानक आँधी बह रही है, उसमें उसके शब्द सूखे पत्ते की तरह उड़ रहे हैं। वह स्पष्ट रूप से अपनी बात कह भी नहीं पाती। फलतः बार-बार अलग-अलग अदाओं से विभिन्न भ्रू-भंगिमाओं से वह राम का ध्यान अपनी ओर खींचना चाहती है। लेकिन यहाँ भी उसे असफलता ही मिलती है। अपनी असफलता पर बौखलाई शूर्पणखा के भीतर का राक्षस उसके शब्दों के माध्यम से प्रकट होने लगता है। राम को धमकी देती हुई वह कहती है कि उसमें ऐसी भी शक्ति है, जिसका प्रदर्शन कर वह राम से अपनी बात मनवा सकती है। इस प्रकार यहाँ शूर्पणखा की मूल प्रकृति प्रकट हो आती है। वह राम से धमकी भरे स्वर में कहती है—

किंतु भूल जाना न इसे तुम,
मुझमें है ऐसी भी शक्ति,
कि झख मारकर करनी होगी
तुमको फिर मेरी अनुरक्ति।

शूर्पणखा एक भाई से ठुकराई गई है और दूसरे से सशंकित है। ऐसी घड़ी में उसके धैर्य का संतुलन बिगड़ जाना स्वाभाविक है। फिर मूल रूप से वह राक्षसी है। अपनी मायावी शक्ति पर भी उसे पूरा विश्वास है। अतः उसका राम पर उबल पड़ना उसके चरित्र के अनुकूल ही है। लेकिन राम

अपने चरित्र के अनुकूल मर्यादा का सहारा लेते हुए उसे उत्तर देते हैं, साथ ही वे रीति और नीति की व्याख्या भी करते हैं—

आकृति से ही प्रकृति तुम्हारी
प्रकाशित है हे कल्याणी।

राम शूर्पणखा को नीति की बात समझाते हुए कहते हैं कि इस संसार में वही व्यक्ति मान, सम्मान और प्रतिष्ठा पाता है, जो एक अनुपम चरित्र लेकर आता है और उसको पूर्ण बनाता है।

एक अपूर्व चरित्र लेकर जो
उसको पूर्ण बनाते हैं
वे ही आत्मनिष्ठ जन-जग में
परम प्रतिष्ठा पाते हैं।

राम जहाँ शूर्पणखा की जिज्ञासा को शांत करने के लिए अपनी बातों में सरलता और सुस्पष्टता का निर्वाह करते हैं, वहीं प्रसंगानुसार व्यंग्य और विनोद का पुट भी भरते हैं। राम-शूर्पणखा के संपूर्ण संवाद में राम के चरित्र की विशालता ही परिलक्षित होती है। शूर्पणखा को राम के चरित्र में जो पवित्रता और दृढ़ता दिखाई पड़ती है, उससे उसका मन भीतर-ही-भीतर व्याकुल हो उठता है। शूर्पणखा के इन शब्दों में उसके अंतर की आकुलता स्पष्ट दिखाई देती है—

देख क्यों न लो तुम मैं
जितनी सुंदर हूँ, उतनी ही घोर
दिख रही हूँ, जितनी कोमल
मैं उतनी ही कठिन-कठोर।

जैसा कि पहले भी कहा गया है कि शूर्पणखा की मूल प्रवृत्ति राक्षसी की है। अपनी प्रवृत्ति का विरोध होने पर वह अपनी मूल प्रकृति में आ जाती है। फिर सारी रात वह लक्ष्मण से वार्त्तालाप करते हुए ऊब चुकी है। उसके व्यंग्य बाणों को झेलते-झेलते वह बौखला गई है। इस तरह

सारी रात वह जिस मानसिकता से गुजरी है कि उसका धैर्य अब जवाब दे रहा है। उधर राम की ओर से भी वह निराश हो चुकी है। उनका उपदेश सुनकर वह और जल-भुन जाती है। यह स्वाभाविक भी है, क्योंकि नारी के प्रणय-निवेदन को जब कोई पुरुष ठुकरा देता है, तो फिर वह चोट खाई नागिन की तरह फुफकार उठती है। अगर वह पुरुष के जीवन में प्यार का रस घोल सकती है, तो उससे भीषण प्रतिशोध भी ले सकती है। यहाँ कवि ने नारी-स्वभाव के मनोविज्ञान से भी हमें परिचित कराया है। सचमुच, पुरुष द्वारा तिरस्कृत नारी जितनी कोमल दिखती है, उतनी ही कठोर बन जाती है और अपने प्रतिकार का बदला भीषण रूप से लेती है।

शूर्पणखा के विकराल रूप को देखकर राम विचलित नहीं होते वरन् कहते हैं—

किंतु प्राणियों के स्वभाव की
होती है ऐसी ही रीति।
परवशता हो सकती है
पर होती नहीं भीति में प्रीति।

संक्षेप में, राम-शूर्पणखा संवाद में जहाँ राम के आदर्श और मर्यादित चरित्र का सार्थक चित्रण हुआ है, वहीं शूर्पणखा के वासना-जनित आसुरी प्रवृत्ति का भी चित्रण किया गया है।

□

प्रदक्षिणा काव्य का संदेश

राम-काव्य की परंपरा में मैथिलीशरण गुप्त का स्थान सर्वोपरि है। इस परंपरा के पालन में गुप्तजी ने 'साकेत', 'पंचवटी' आदि काव्यों की रचना की है। 'प्रदक्षिणा' काव्य भी इसी परंपरा की एक कड़ी है। यह एक लघु खंड-काव्य है और 'साकेत', 'पंचवटी' काव्य की पृष्ठभूमि पर ही आधारित है। यद्यपि गुप्तजी के राम-काव्य का कथानक तुलसी के 'रामचरितमानस' के कथानक पर ही आधारित है, फिर भी दोनों में कई भिन्नताएँ है। 'मानस' के सभी पात्र जहाँ दैवीय हैं, वहीं 'प्रदक्षिणा' के पात्र दैवीय कम, मानवीय अधिक हैं। यह अंतर बदलते युग, बदलती मान्यताओं के अनुरूप है।

जैसा कि पहले भी कहा गया है कि आज का युग मौलिकता का युग है। हर क्षेत्र में नवीनता इसकी बड़ी विशेषता है। आज का कवि-लेखक लकीर का फकीर नहीं है और न रटी-रटाई बातों का ढिंढोरा पीटने वाला है। कवि युग-चेतन कलाकार होता है। युग-सृष्टा ही नहीं युग-द्रष्टा भी होता है। वह जन-जीवन के पीछे-पीछे चलता है और उसे जब जहाँ जिस चीज की जरूरत होती है, देता है। जो कवि-युग को पीछे छोड़कर आगे भागता है, उसकी रचना खोखली, कल्पना पंखहीन और भाव प्राणहीन बन जाते हैं। अतः गुप्तजी ने भी परंपरा का पालन करते हुए अपनी रचनाओं में मौलिकता का परिचय दिया है। प्राचीन पात्रों को दैवीय से मानवीय धरातल पर उतारकर और उसमें मानवोचित गुणों को

भरकर हमारे सामने उपस्थित किया है। संक्षेप में कहें तो प्राचीन पात्रों को नवीन साँचे में ढालकर और उस पर मौलिकता का रंग चढ़ाकर अपने काव्यों में प्रस्तुत किया है। दूसरे शब्दों में, प्राचीन पात्रों के कंकाल में नवीन प्राण-प्रतिष्ठा की है।

प्रत्येक रचनाकार अपनी रचनाओं में अपने पात्रों के बहाने कुछ-न-कुछ समाज को संदेश दे जाता है। गुप्तजी भी 'प्रदक्षिणा' में अपने पात्रों के चरित्र और आचरण से हमें कई संदेश दे जाते हैं।

सबसे पहले हम राम के चरित्र का मूल्यांकन करें। राम का सारा जीवन, उनके कार्य, उनका आचरण—सभी महान् गुणों से भरे पड़े हैं। वन-गमन का समाचार पाकर राम जरा भी विचलित नहीं होते। अपनी चिंता छोड़ वे माताओं को धैर्य धारण करने की सलाह देते हैं। परिजनों को ढाढ़स बँधाते हैं। अपने इस आचरण से राम समाज को संदेश दे जाते हैं कि विपत्ति में आदमी को अपना धैर्य और विवेक नहीं खोना चाहिए। वहीं राम यह भी बताते हैं कि माता-पिता की इच्छा सर्वोपरि है और उसकी पूर्ति संतान को किसी भी कीमत पर करनी चाहिए। आज के समाज में माता-पिता के प्रति संतान के जैसे विचार हैं, उनके प्रति जो व्यवहार है, उसमें राम का आचरण अनुकरणीय है।

यहाँ एक बात विचारणीय है कि दु:ख की घड़ी में हम 'राम-राम' ही क्यों पुकारते हैं? इसका आध्यात्मिक महत्त्व चाहे जैसा भी हो, पर इसका एक मनोवैज्ञानिक कारण है—विपत्ति की घड़ी में हम 'राम-राम' कहकर अपने भीतर राम जैसा ही साहस और धैर्य धारण करना चाहते हैं। राम को सामने लाकर हम अपने अशांत मन को समझाने का प्रयास करते हैं कि विपत्ति हम पर ही नहीं, राम पर भी आई थी। वन-गमन से लेकर सीता-हरण, फिर रावण से युद्ध आदि जैसी विपत्तियों के सामने मेरा दु:ख बहुत हलका होने लगता है। हम सोचते हैं कि विपत्ति में राम ने जिस साहस और धैर्य का परिचय दिया, वही शक्ति हममें भी आए।

इस प्रकार राम का सारा जीवन हमें विपत्ति का सामना धैर्यपूर्वक करने का संदेश देता है।

लक्ष्मण और भरत का चरित्र अद्‌भुत भ्रातृभक्ति का संदेश देता है। आज का युग अर्थयुग है। अत: इस अर्थ की प्राप्ति के लिए हम आज कोई भी अनर्थ करने से नहीं चूकते। जमीन-जायदाद, धन-संपत्ति हड़पने के लिए आज के समाज में जहाँ एक भाई दूसरे भाई के खून का प्यासा बना बैठा है, वहीं राम सारा राजपाट भरत के लिए हँसते-हँसते छोड़ जाते हैं। फिर यह वही भरत हैं, जो भ्रातृप्रेम के आगे अपने प्राप्त राज्य को तिनके की तरह त्याग देते हैं। वस्तुत: आज के भौतिकवादी समाज में भाइयों के लिए इनमें बड़ा ही अनूठा संदेश छिपा है।

लक्ष्मण का चरित्र आज के युवा-वर्ग के सामने एक बड़ा आदर्श छोड़ जाता है। अपने अधिकार के प्रति सजगता, अन्याय का प्रतिकार करना, यह सब लक्ष्मण अपने आचरण से सिखा गया है। गुप्तजी ने एक अन्य स्थल पर लिखा है—

अधिकार खोकर बैठे रहना यह महा दुष्कर्म है,
न्यायार्थ अपने बंधु को भी दंड देना धर्म है।

तभी तो भरत को गद्‌दी देने की घोषणा पर लक्ष्मण उग्र हो उठता है। यहाँ तक कि अपने माता-पिता को भी भला-बुरा कहने से नहीं चूकता। आज का युवा जहाँ अपने अधिकार और कर्तव्य दोनों के प्रति उदासीन है, वहाँ लक्ष्मण का यह आचरण उनमें नई प्रेरणा भर देता है। लक्ष्मण कहता है कि दशरथ कौन होते हैं राज्य देने वाले और भरत कौन होते हैं राज्य लेने वाले ? राज्य प्रजा की वस्तु है, वह जिसे चाहे गद्‌दी पर बैठाए। आज देश के नेता नेता कम हैं, अभिनेता अधिक हो गए हैं। राजनीति में केवल राज रह गया है, नीति गायब हो गई है। प्रत्येक पाँच वर्ष पर राजनीति के रंगमंच पर केवल पात्र बदलते हैं, पर दृश्य वही रहता है।

ऐसे माहौल में लक्ष्मण का यह कथन नेताओं को बहुत कुछ सोचने-

विचारने को मजबूर कर देता है। आज देश को लक्ष्मण जैसे युवाओं की जरूरत है, जो अन्याय का प्रतिकार कर सकें तथा न्याय के लिए अपने माता-पिता के भी विरुद्ध जा सकें। अपने अधिकार और कर्तव्यों में सामंजस्य स्थापित कर सकें। प्रजातंत्र के एक सफल और सुयोग्य नागरिक बन सकें।

लक्ष्मण भाग्यवाद से ऊपर उठकर कर्मवाद और उद्योगवाद का भी संदेश आज के युवा वर्ग को दे जाता है। एक स्थान पर लक्ष्मण ने राम के भाग्यवादी होने पर आश्चर्य व्यक्त करते हुए कहा है—

हाय! आर्य उद्योग छोड़कर
हुए भाग्यवादी क्या आप?

आज का युवा-वर्ग जहाँ भाग्य के भरोसे बैठकर सिर धुनता है, वहीं लक्ष्मण का यह आचरण उसमें एक नया उत्साह भर देता है। सीता-हरण के बाद राम विलाप करने लगते हैं, लेकिन लक्ष्मण यहाँ भी युवाओं में शक्ति, साहस, वीरता और पराक्रम का संदेश दे जाता है। वह कहता है—

आर्य उगलवा लूँगा अपनी
आर्या को मैं यम से भी।

आज के समाज में युवाओं का घोर नैतिक पतन हो चुका है। उनके चरित्र का स्तर बहुत नीचे जा गिरा है। आज का युवा भोगवाद को ही जीवन का लक्ष्य मान बैठा है। ऐसे युवकों को लक्ष्मण के चरित्र की दृढ़ता, आचरण की पवित्रता और विचारों की शुद्धता से बहुत बड़ी सीख मिलती है। शूर्पणखा से संवाद में लक्ष्मण की जगह कोई दूसरा व्यक्ति होता, तो उसकी बुद्धि का संतुलन बिगड़ जाता। वह शूर्पणखा के आगे अपने हथियार डाल देता, लेकिन लक्ष्मण के चट्टानी चरित्र पर शूर्पणखा के सारे प्रहार व्यर्थ सिद्ध हो जाते हैं। उसके सारे हावभाव, भ्रू-भंगिमाओं का कोई प्रभाव लक्ष्मण पर नहीं पड़ता। आज का युवा लक्ष्मण के चरित्र की विशेषताओं को अपनाकर ही देश और समाज का कल्याण कर सकता है।

लक्ष्मण का आचरण यह संदेश दे जाता है कि आदमी को किसी भी कीमत पर अपने व्यक्तित्व और अस्तित्व की रक्षा करनी ही चाहिए। जिस लक्ष्मण ने सीता को माता मानते हुए उसकी सेवा में अपने जीवन को उत्सर्ग कर दिया, वहीं सीता जब 'पंचवटी' में लक्ष्मण के व्यक्तित्व और चरित्र पर प्रहार करती है, तो लक्ष्मण चोट खाए नाग की तरह फुफकार उठता है—

उठा पिता के भी विरुद्ध मैं, किंतु आर्य भार्या हो तुम,
इससे तुम्हें क्षमा करता हूँ, अबला हो आर्या हो तुम।

अपने व्यक्तित्व का सम्मान और चरित्र पर अभिमान करना प्रत्येक व्यक्ति का कर्तव्य हो जाता है। अंग्रेजी में कहावत है—

'If Wealth is Lost, Nothing is Lost.
If Health is Lost, Something is Lost.
But if Character is Lost, Everything is Lost.'

आज के समाज में पति-पत्नी के बीच प्रेम का संबंध बिल्कुल नहीं रह गया है। इनके लिए विवाह एक बंधन बन गया है। आए दिन दोनों के बीच कलह का बाजार गरम रहता है। इस कलह से परिवार में अशांति फैली रहती है। वहीं सीता और राम के बीच जो प्रेम का नाता है, एक-दूसरे के प्रति त्याग की जो भावना है, वह आज के पति-पत्नियों के लिए प्रेरणादायक है।

संक्षेप में, राम जहाँ अपनी पत्नी की हर इच्छा का खयाल रखते हैं, उसके प्रति प्रेम और दायित्व का निर्वाह करते हैं, वहीं सीता भी राम के प्रति अपने पतिव्रत धर्म का निर्वाह करते हुए उनके प्रेम, श्रद्धा और भक्ति में सदा तत्पर रहती है। दोनों का यह आर्दश आज के समाज के लिए अनुकरणीय है।

आज के समाज में सच्चे मित्र का घोर अभाव है। कृष्ण-सुदामा की मित्रता को आज भुला दिया गया है। 'मानस' में तुलसी ने लिखा है—

जे न मित्र दुःख हो हि दुःखारी।
तिन्हहि विलोकत पातक भारी॥

लेकिन आज मित्रता भी स्वार्थ पर आधारित होकर रह गई है। मित्र बनकर आज मित्र का ही गला काटने को लोग तैयार हैं। वहीं 'प्रदक्षिणा' में राम ने सच्ची मित्रता का निर्वाह करके समाज को और आज के कपटी मित्रों को महान् संदेश दिया है। बाली के अत्याचार से सुग्रीव को छुटकारा दिलाकर, दुश्मन के भाई को गले लगाकर राम ने बड़ा आदर्श समाज के सामने रखा है। मित्रता की ऐसी मिसाल आज दुर्लभ है।

'प्रदक्षिणा' में आज की नारी-जाति के लिए भी कई अनुपम संदेश छिपे पड़े हैं। नारी की पीड़ा के प्रति गुप्तजी सदा से संवेदनशील रहे हैं। अपने काव्यों में कई स्थानों पर उन्होंने नारी-जाति के प्रति अपनी गहरी संवेदना प्रकट की है। उन्होंने लिखा है—

अबला जीवन हाय तुम्हारी यही कहानी,
आँचल में है दूध और आँखों में पानी।

'प्रदक्षिणा' में गुप्तजी ने नारी के कई रूपों से हमारा परिचय कराया है। एक रूप का प्रतिनिधित्व सीता और उर्मिला करती हैं, तो दूसरे का प्रतिनिधित्व शूर्पणखा करती है। सीता का पतिप्रेम तो जगत् विदित है। पर उर्मिला अपने आचरण से भारतीय नारी की संस्कृति को उजागर करती है। अपने पति के गौरव की रक्षा हेतु वह अपने जीवन के सारे सुख-सौंदर्य की बलि चढ़ा देती है। आज की भारतीय नारी अपनी इस संस्कृति से मुँह मोड़ चुकी है। ऐसी नारियों के लिए सीता और उर्मिला का चरित्र बड़ा ही अनुप्रेरक है। लेकिन वहीं कैकेयी भी है, जो पुत्रमोह में अंधी होकर संपूर्ण परिवार को कष्ट में डाल देती है। कैकेयी जैसी नारी मंथरा के बहकावे में आकर अपना ही अहित कर बैठती है।

आज के समाज में मंथरा और कैकेयी जैसी नारियाँ कई मिल जाएँगी, जो केवल अपना हित साधने में लगी रहती हैं। वे बिना परिणाम विचारे संपूर्ण परिवार को ही विपत्ति में डाल देती हैं। 'साकेत' में कैकेयी को लक्ष्य कर कहा गया है—

है धन्य तुम्हारा पुत्र-स्नेह
खा गया भून जो पति-देह।

सोना, अर्थात् धन-दौलत की ओर दौड़ने वाली नारियों को गुप्तजी ने यह संदेश दिया है। कभी-कभी सोने के लालच में नारी अपने लिए तो मुसीबत मोल लेती ही है, साथ ही पूरे परिवार को भी संकट में डाल देती है। सीता का सोने के मृग का चर्म पाने का लोभ इसी ओर संकेत करता है। लोभ, लालच, स्वार्थ आदि से बचना ही नारी के लिए हितकर है।

शूर्पणखा नारी-जाति के दूसरे रूप का प्रतिनिधित्व करती है। इसके बहाने कवि ने संदेश दिया है कि वासना को ही सबकुछ समझने वाली नारी अपने नाक-कान तो कटवाती ही है, साथ ही पूरे समाज और देश को भी पतन की गर्त में धकेल देती है। भोगवाद को ही जीवन का लक्ष्य मानने वाली नारी महाविनाश का कारण बन जाती है।

लेकिन वहीं गुप्तजी ने यह भी माना है कि नारी प्रेम की भूखी होती है। वह जब किसी पुरुष से प्रेम करती है, तो फिर उसका कुल-खानदान आदि नहीं देखती। अबला वधुओं का यह अनुराग अंधा और बहरा दोनों होता है।

नहीं अंध ही, किंतु बधिर भी
अबला वधुओं का अनुराग।

लेकिन उसका प्रेम जब कोई ठुकरा देता है, तो फिर वह चोट खाई नागिन की तरह फुफकार उठती है। उसकी एक आँख में यदि प्रेम का प्याला छलकता है, तो दूसरी आँख में भीषण हलाहल भी दहकता है। ऐसी नारियों में प्रतिशोध की भावना प्रबल होती है।

इस प्रकार 'प्रदक्षिणा' काव्य में पुरुष और नारी के चरित्र के बहाने कवि ने आधुनिक समाज को कई अनूठे संदेश दिए हैं, जिन्हें अपनाकर हम देश और समाज का हित-साधन कर सकते हैं और स्वयं भी यश, मान-सम्मान, गौरव के अधिकारी बन सकते हैं।

□□□